The last Cigar
마지막 시가
I

The last Cigar
마지막 시가 1

초판 1쇄 인쇄	2024년 06월 28일
초판 1쇄 발행	2024년 07월 15일

신고번호	제313-2010-376호
등록번호	105-91-58839

지은이	진광열(秦光烈)

발행처	보민출판사
발행인	김국환
기획	김선희
편집	최정아
디자인	김민정

ISBN	979-11-6957-170-8	(세트)
	979-11-6957-172-2	(04810)

주소	경기도 파주시 해울로 11, 우미린더퍼스트@ 상가 2동 109호
전화	070-8615-7449
사이트	www.bominbook.com

· 가격은 뒤표지에 있으며, 파본은 구입하신 서점에서 교환해드립니다.
· 이 책은 저작권법에 의하여 보호를 받는 저작물이므로 무단 전재와 복사를 금합니다.

The last Cigar
마지막 시가 1

진광열 지음

해변의 전설

낯선 미국 땅에서 욕심 없이 순리에 따라 정직하게 살아가는
중국인 이민자 저우는 죠앤 할머니가 남긴 막대한 유산으로 부자가 되는데

책머리에

순결
- 그 무위(無爲)의 동사(動詞)에 대하여

그대에게는 순결이 남아 있는가. 자신이 지나온 날들을 헤아리는 그대만이 사람의 세상에서 복되다.

「너희 중에 죄 없는 자가 먼저 이 여자를 돌로 쳐라.
　나이 들은 사람부터 그 자리를 떠났다」
　　　　　　　　　　　　　　　　　　　- 요한복음 7:53~8:11

「나도 네 죄를 묻지 않겠다. 어서 돌아가라.
　그리고 이제부터는 다시 죄짓지 마라」

그러므로 오늘 지금 그대가 무엇을 생각하고, 무엇을 하고 있는가가 남은 순결의 출발점이다. 그대의 자로 타인의 순결은 재어지지 않는다. 지금, 이 순간부터 재어지는 숫자만이 그대에게 남겨진 순결의 「길이」이다.

타인의 뒤를 파낸 흙은 그대의 무덤이다. 뱀의 혀가 되어 독을 내뿜지 말라. 그 독은 그대의 몸으로 되돌아와서 그대를 그 흙무덤에 묻히게 할 뿐.

지난날의 그대와 오늘의 그대가 다르지 않다면 나는 그대의 순결과 작별하겠다.

연(緣)을 빌미로 작당하지 말고 혼자서 가라.
혼자서 가는 그대만이 순결이 맞아줄 것이다.

사람의 세상에서 순결은 무위의 동사다. 그러므로 홀로 갈 때만이 동사 하나를 잃지 않게 될 것인데 나는 이제야 그것을 겨우 알아차렸으니 이미 때가 늦었는지도 모를 일이다.

때에 쩌든 손을 내미는 걸인에게 담배 한 대 건네며 두 손 모아 불을 붙혀준 아침의 햇살은 한없이 밝았는데, 도서관은 아직 문을 열지 않았다. 나는 차가운 콩크리트 벤치에 앉아 순결에 대해 정의

할 수 없었다.

416년 전 바다에서 맞은 이순신의 죽음과 35년 전 죽은 박정희의 죽음만이 유이(有二)한 순결이다.

2024년 5월
San Jose, Homestead 도서관에서
진광열

차례

제1부. 하얀 무대

무아(無我) • 11

붉은 돌 • 12

이름 모를 꽃 • 24

해변의 전설 • 34

양배추밭 • 46

오동잎 • 54

노란 봉투 • 74

제2부. 갯벌 위의 바다

유년의 바다 • 138

청춘의 바다 • 159

제1부
하얀 무대

―사람들만이 생각할 수 있다.

그렇게 말하지는 마세요. 나무와 바위, 작은 새들조차 세상을 느낄 수가 있어요. 자기와 다른 모습 가졌다고 무시하려고 하지 말아요. 그대 마음의 문을 활짝 열면 온 세상이 아름답게 보여요.

달을 보고 우는 늑대 울음소리는 뭘 말하려는 건지 아나요. 그윽한 저 깊은 산속 숨소리와 바람의 빛깔이 뭔지 아나요. 바람의 아름다운 저 빛깔이 얼마나 크게 될지 나무를 베면 알 수가 없죠. 서로 다른 피부색을 지녔다 해도 그것은 중요한 게 아니죠.

바람이 보여주는 빛을 볼 수 있는 바로 그런 눈이 필요한 거죠. 아름다운 빛의 세상을 함께 본다면 우리는 하나가 될 수 있어요.

- 바람의 빛깔 〈포카혼타스〉에서

무아(無我)

— 아버지, 저는 왜 일어설 수가 없나요?
— 아들아, 어찌하여 내가 남긴 말을 잊었더냐. 이 모든 것은 너의 집착과 욕망 때문이다.

지난 육십 년의 기억은 아득하다.
기억들은 멀다.
그것이 기억인지, 꿈인지 분명치가 않다.
살아있다고는 하나 그것은 의학적인 생명일 뿐이다.
죽어 있는 삶이 3년째의 봄을 맞이하고 있다.
리차드의 병상을 파고드는 햇살은 길고 쓸쓸하다.
보이지 않고 들어지지 않는다. 입술이 닫힌 지는 이미 오래다.
그의 영혼은 다만 허공을 헤매일 뿐이다. 기억을 대신하여 그의 전 생애는 찰나의 순간으로 하나의 무대에 펼쳐진다.

붉은 돌

꿈속에 그려라 그리운 고향
옛터전 그대로 향기도 높아
지금은 사라진 동무들 모여
옥같은 시냇물 개천을 넘어
반딧불 쫓아서 즐기었건만
꿈속에 그려라 그리운 고향

- 〈드보르 작 신세계 교향곡 2악장〉에서

울고 있다.
아이가 울고 어머니도 운다.
아이는 소리치며 울고 젊은 어머니는 숨죽여 흐느낀다.

봄볕이 자주색 벨벳의 늘어진 커튼을 지나 죠앤 할머니의 주름진
얼굴에 스며든다. 평온하다. 마치 잠을 자고 있는 듯하다.
여느 때처럼 안락의자에 앉아 창밖을 내다보고 있는 모습이다.
밖으로 향한 천정까지 닿은 기다란 방문은 열려 있다.
봄꽃의 향기가 한 점 바람에 실려와 이 슬픈 풍경과 합쳐진다.
열려진 문밖의 바로 앞에서는 인공적으로 만들어진 작은 시냇물
이 흐르고 있다. 흐르는 물소리가 조약돌을 지나 대나무 잎에 부
딪친다.

프랭크 로이드 라이트(Frank Lloyd Wright)는 이 소리를 들으며
잠에 들라고 했다고, 죠앤(Joan) 할머니는 옛일을 회상하며 말하
곤 한다.
― 그런데 나는 잠이 잘 안 와. 아버지는 어쨌을지 모르지만…
죠앤 할머니는 늘 피곤해한다.
맞춤형 침대 머리맡에는 가로로 길게 거울이 붙어 있다.
거울 속에서 대나무와 시냇물이 아른거린다. 자연의 일부를 침대
곁까지 끌어다 놓은 라이트(Wright)의 솜씨는 그가 일류 건축가
임을 말해주고 있다. 거실로 향한 일본식 미닫이문을 밀면 자연의
흔적들이 보인다. 자연 그 자체는 아니다. 자연을 닮았을 뿐이다.
바닥은 온통 아리조나산 붉은 돌로 덮여 있다. 돌바닥은 그 아래
깔린 온수 파이프를 통해 온기가 전달된다. 밀년의 건축가가 일

본을 방문했을 때 체험한 한국식 온돌에서 영감을 받은 것이라 한다.

그러나 프랭크(Frank)에 의해 설계되고 시공된 단층의 이 저택은 늘 냉기로 가득하다. 세월이 흘러 온수 파이프(Pipe)는 이미 수명을 다했으나 죠앤 할머니는 감히 바닥을 뜯어내지 못한다.

프랭크는 자연의 재료들을 실내로 끌어들였다. 그것을 오게닉 아키텍쳐(Organic Achitecture)라고 명명했다. 그는 스스로 그런 공간에서 살기를 원했고, 남들도 그런 느낌으로 살기를 바랐다.

돌을 붙인 일부의 벽 탓에 도아 프레임(Door Frame)은 돌의 생김새에 따라 파도와 같은 예각과 둔각의 곡선으로 맞추어져 있다. 이 집의 시공비가 얼마가 됐을지는 가늠할 수가 없다.

영국계 미국인이 된 죠앤의 부친은 은퇴한 해군 제독이다. 2차 대전 중에는 바다에서 이겼고, 전후에는 항공모함의 함장이었다. 영국 여왕으로부터 작위도 받았다. 그때 여왕과 함께 찍은 사진 한 장이 죠앤 할머니의 안락의자 옆 탁자에 세워져 있다.

죠앤 할머니가 사용하는 모든 식기들은 일본산 도기들이다. 6피트(Feet) 높이의 계단식 서랍장은 죠앤 할머니가 가장 아끼는 중국산 목공예 제품이다. 죠앤은 아프리카산 흑단으로 제작된 이 수제품을 아무도 만지지 못하게 한다.

어머니도 그 윤기 나는 검은색 계단식 서랍장은 닦지 않는다. 다만, 어린 리차드(Richard)가 그 계단을 오르내리며 뛰노는 것은 말리지 않는다. 죠앤 할머니는 미소를 지으며 놀란 어머니를 바라볼 뿐이다.

―나도 어릴 땐 저랬었지.

죠앤 할머니의 아버지가 외동딸인 죠앤에게 그랬던 것처럼.

거실 모서리에 놓인 태국산 불상과 이집트(Egypt)의 파라오(Pharaoh)상은 진품인지, 모사품인지 아는 사람이 없다. 이 집을 방문하는 사람은 누구나 할 것 없이 일본산 도자기들과 국적을 알 수 없는 진기한 물건들에 압도되고 만다. 어머니가 집 안을 청소할 때마다 어린 리차드는 신기한 나라에 와 있는 느낌을 받곤 한다.

제독은 살아생전에 특히 일본의 도자기에 심취했다. 전후에도 일본에 기항할 때마다 골동품상을 찾아 나서곤 했다. 하부는 여인의 풍만한 가슴 같은 곡선을 이룬 영롱한 색상의 도자기 병에 마른 억새풀이 꽂혀 있다. 아마도 그 호리병은 임진왜란 때 납치되어 간 조선인 도공의 솜씨인지도 모른다. 1900년대에 일본이 조선을 침탈한 후 약탈해간 고려시대의 청자와 조선시대의 백자 항아리들도 수집되어 있다. 은퇴 후의 제독은 일본의 골동품상인 나가오(Nagao)로부터 연락을 받고 한 달씩이나 일본에 체류한 적도 있다.

담장조차도 설계되어진 저택은 흔치 않다. 비바람에 할퀴어져 담장의 일부는 주저앉고 어그러져 있다. 죠앤 할머니는 프랭크의 작품이라며 수리하려는 관리인을 나무란다. 모든 것은 세월과 더불어 썩어 없어진다. 썩어 없어지면 그것으로 끝이다. 프랭크도 사라지고, 그의 작품들도 소멸된다.

프랭크는 약관 서른에 이미 시카고(Chicago)의 저명한 건축가가 된 인물이다. 전후에 죠앤의 아버지를 만났을 때는 백발의 노신사로서 장년의 아버지보다 더 일본에 매료되었던 건축가다.

자연과 일본에 대한 공통 관심사가 이 집을 설계하게 된 동인이 되었다 한다. 저택에 사람이 살게 되기까지 3년이 걸렸다. 프랭크와 제독은 아리조나(Arizona)산 석재로 마감된 거실 바닥을 특히 좋아했다. 그들은 슬리핑 백(Sleeping Bag) 속에 들어가 밤늦도록 자연과 인간에 대해 대화를 나누었다고 죠앤 할머니는 어린 날을 회상하곤 한다. 어린 시절의 죠앤은 아버지와 건축가 아저씨의 두런대는 소리를 들으며 잠이 든다.

…… 저분들은 왜 차가운 돌바닥에서 주무실까?

그런 생각이 전부다. 이 집의 냉기는 그 아리조나(Arizona)산 붉은 돌 때문만이 아니다. 죠앤 할머니는 한여름에도 발등까지 내려오는 긴 캐시미어(Cashmere) 드레스(Dress)와 카디건(Cardigan)을 걸치고 지낸다.

치매가 발병한 이래 운전면허도 반납 당하고 몇 달을 지낸 적이 있다. 죠앤 할머니가 입원해 있는 동안 아버지는 철사를 구부려서 만든 약식의 도구를 사용해서 이 저택의 수맥을 탐사한다. 낮은 산의 정상에 자리 잡은 집에서는 수맥이 잡히지 않을 것이다. 그러나 아버지의 약식 수맥탐지용 철사는 자리를 옮길 때마다 강력한 장력의 힘에 의해 십자형으로 겹쳐진다.

…… 세상에! 이 집은 사람이 살아서는 안 되는 집이다. 이 집터는 사람의 정신과 몸을 부수는 자리야. 냉기가 이토록 심한 이유가 따로 있었군. 리차드를 여기에 오래 머물게 해서는 안 되겠다.

이제는 어느 정도 상태가 호전되었지만 죠앤 할머니에게 일찍 찾아온 혈변의 질환도 이 집터의 땅속 저 깊은 곳에서 흐르는 수맥이 그 원인일 것이라고 아버지는 단정 짓는다.

자연을 집 안으로 끌어들인다고 아리조나산 석재로 마감한 건축가는 지하의 또 다른 자연적인 힘이 사람을 부숴버리는 가공할 냉기에 대해서는 무지했을 것이다.

…… 건축가는 보이는 것만을 아름답게 만드는군.

아버지는 그렇게 생각한다.

…… 보이지 않는 것을 볼 수 있게끔 리차드를 가르쳐야지.

제독 또한 육십을 갓 넘겨서 일찍 자연을 떠난다. 영국 왕실로부터 조의가 있었고, 워싱턴(Washington)에서도 사람을 보내 조문했다.

무너질 듯 기운 담장 근처에 수영장이 있다. 수영장 가장자리 둘레도 역시 아리조나산 자연석으로 장식되어 있다. 이제는 아무도 수영하시 않는 이 수영장을 아버지는 한 달에 한 번씩 닦아내고 소독한다.

아버지는 여기에서 리차드에게 수영을 가르친다. 아버지는 수영장 가장자리에 불규칙하게 튀어나온 돌에 리차드가 머리를 부딪치면 어쩌나 하고 늘 걱정하곤 한다.

— 리차드야, 여기에 머리를 다치지 않도록 조심해야 한다.

— 왜요? 머릿속에는 무엇이 있어요, 아빠?

— 머릿속에는 생각이 담겨져 있지. 그 생각이 힘이 되어 나온단다.

— 생각은 무엇이고 힘은 무엇이에요?

— 생각은 사랑하는 마음 같은 거고, 힘은 그 생각을 지키는 파수꾼 같은 거지.

리차드는 아버지의 말을 알아들을 수가 없다. 알아듣거나 못하거나 아버지는 늘 아빠의 말을 한다. 누구나 남을 이해시키기 위해서만 말을 하는 건 아니다. 때로는 알아듣기도 할 테지만, 대부분의 사람들은 자신이 받아들이고 싶은 것만을 받아들이기 때문이다. 혹시나 해서 아버지는 또다시 말한다.

— 리차드야, 사랑하는 마음은 엄마 같은 것이고, 그 힘이란 건 아빠 같은 거란다.

리차드는 그냥 엄마, 아빠가 머릿속에서 자신을 조종하고 있다는 생각이 든다.

…… 엄마, 아빠를 아프게 하지 말아야지.

봄바람에 꽃잎이 수영장으로 눈 내리듯 쏟아져 내린다. 바람 부는 날은 수영장 청소가 어렵기만 하다.

― 그런데 아빠, 바람은 왜 보이지를 않나요? 바람의 빛깔은 무슨 색이어요?

아버지는 놀란 표정이 된다.

…… 세 살 반의 이 아이는 왜 이렇게도 앞서 나가는 걸까? 너무 앞서 나가도 좋지는 않다.

아버지가 리차드의 눈을 들여다본다.

― 리차드, 그렇지. 바람은 눈에 보이지 않는다. 그런데 리차드, 저 꽃잎을 보아라. 바람에 날리는 거.

― 네, 아빠.

― 나뭇잎이 흔들리고 꽃잎이 날리는 것을 보면 바람이 왔다는 것을 알 수 있단다. 보이지 않는 것을 보려면 보이는 것들을 보고서 느끼면 되는 것이야. 바람의 빛깔이 무슨 색인지는 다음에 말해 줄게.

아버지는 더 이상 말을 하지 않는다. 리차드는 골프(Golf) 연습장으로 뛰어가서 잔디 위를 구른다.

― 리차드, 엄마한테 가보렴. 엄마가 혼자서 청소하느라 힘드실 거야. 들어가서 엄마 심부름이라도 하려무나.

리차드가 뛰어가다가 현관 앞에서 한 번 넘어지고 나서 아버지를 돌아본 후 집으로 들이간다.

…… 그렇지. 넘어지면 혼자서 스스로 일어나야 하는 거야…

아버지는 그렇게 중얼거리며 수영장에 물을 채우기 시작한다. 수영장 바닥에 물이 반쯤 차올랐을 때 아버지는 아이가 자지러지게 우는 소리를 듣는다. 여느 때의 아이 울음소리가 아니다.

60여 년간 이 방의 주인을 맞이했던 방문을 열고 아버지가 들어선다. 땀투성이가 된 모자를 벗고 죠앤 앞에 무릎 꿇고 앉아서 우는 어머니를 본다. 리차드의 얼굴은 눈물 자국으로 얼룩져 있다. 이 세상의 모든 슬픔이 리차드에게 몰려온 것 같다.

— 무슨 일이오? 여보.

절망과 공포의 눈빛으로 어머니는 아버지를 올려다본다. 죠앤은 잠을 자듯 그렇게 이 세상과 결별한다. 기다리던 아들은 끝내 나타나지 않았고, 극심한 마약중독에 시달리던 딸은 이미 작년에 죽었다. 고향을 그리워하던 죠앤은 그 그리움을 해결하지 못한 채 눈을 감는다. 제독의 명예와 죠앤의 부귀영화도 오늘로서 모두 막이 내린다.

— 여보, 울지 말아요.

— 리차드, 그만 엄마하고 나가 있거라. 울지 말아. 남자는 아무 때나 그렇게 우는 게 아니야.

— 아빠, 죠앤 할머니가 말을 안 해.

어머니는 무거운 몸으로 리차드의 손을 끌어 거실로 나간다. 모든 것이 무너져 내린 것 같다. 애써 일군 농장도 이제는 허사가 될 것이다.

…… 죠앤이 죽었으니 이제 농장은 남의 것이 되겠네.

어머니의 머릿속은 드넓은 농장의 채소밭으로 가득하다. 죠앤이 앉아서 죽은 안락의자 옆의 탁자 위에 하얀 서류봉투가 하나 놓여 있다. 여왕과 제독의 웃음 지은 사진들 앞에는 봉투의 겉면에 쓰기 위해 사용된 몽블랑(Montblanc) 만년필의 뚜껑이 열려 있다. 봉투에는「저우(Zhou)와 메이(Mei)에게, 그리고 사랑하는 리차드에게」라고 쓰여 있다. 죠앤 할머니는 아버지에게는 성씨를, 어머니에게는 이름을 불러준다. 그것이 아버지에 대한 예우와 어머니 대하는 애정의 표시인 것이다. 아버지는 죠앤 할미니의 눈을 감겨준다.

아버지가 봉투를 들고 거실로 나와 볕에 그을려 검붉게 변한 아내의 얼굴에서 눈물이 흐르는 것을 참담한 심정으로 바라본다.

— 어떻게 된 거요? 메이(Mei)?

— 이제 우린 어떻게 될까요?

— 무엇이 말이요?

— 죠앤이 없으니 우리는 이제 농사를 지을 수도 없을 텐데…

아버지는 어머니가 지금 무엇을 걱정하고 있는지 잘 알고 있다. 그러나 지금은 그걸 걱정하고 있을 때가 아니다. 아버지는 재차 묻는다.

― 아침에 우리에게 인사를 하고 커피까지 손수 끓여주지 않았소?
― 네, 그래요. 그런데 그게…
― 아침나절에 거실 청소를 하고 있는데 저를 부르시더니 손을 꼭 잡아주었어요. 그리고 흰 봉투를 당신에게 주라고…
어머니는 말끝을 맺지 못한다.
― 또 재산세를 보내라고 하면서 체크(Check)를 대신 써달라고 했어요. 기운이 없다면서…
잠시 침묵이 흐르고 어머니는 냉정을 찾은 듯 말을 이어간다.
― 부엌을 정리하던 중에 리차드가 들어왔고, 할머니가 좋아하던 노래「모리화(茉莉花)」를 불러준다고 해서 방에 들어가니… 리차드가 노래를 불러도 반응이 없으셨어요.

한 송이 이름 모를 꽃 피었네
찾는 이 없어도 벌 나비의
노래와 춤만은 끊이지 않네

― 리차드의 노래가 다 끝나도록 할머니는 말이 없으셨죠. 리차드가 노래를 끝내고「할머니」하고 불러도 대답이 없으셨어요.
이제 리차드는 죠앤 할머니의 다정한 쉰 목소리를 더는 들을 수가 없다. 아버지와 어머니는「여보게들, 이제 그만 쉬어」라고 말하던 죠앤의 웃는 모습을 다시는 볼 수가 없다. 그리고 죠앤 할머니가 목쉰 소리로 부르시던 고잉 홈(Going Home)을 더 이상은 들을 수가 없다.

리차드는「모리화」를 다시는 부르지 않겠다고 다짐한다. 그 노래를 부르면 죠앤 할머니가 생각날 것이기에.

이름 모를 꽃

한 송이 이름 모를 꽃 피었네
찾는 이 없어도 벌 나비의
노래와 춤만은 끊이지 않네
얼음 녹아내린 시냇가에
향내가 넘쳐 흐른다
사랑옵다 이름 모를 꽃

아버지는 어머니에게 흰 봉투를 내민다. 어머니가 봉인되지 않은 봉투를 열고 영문으로 작성된 세 장의 서류를 꺼낸다. 영문과를 중퇴한 어머니의 영어 실력은 아버지보다 밝다. 그러나 어머니의 영어 실력으로도 그 서류 속의 내용을 알아보기에는 역부족이다. 아마 중국어로 쓰여졌다 해도 스텐포드(Stanford) 대학의 법학과 출신 죠앤이 쓴 법률적 용어들을 이해하기는 어려웠을 것이다.

다만 유언이라는 단어만을 해독한다.

— 유언이래요.

손으로 쓰여진 유서는 몇 번을 고쳐 쓴 듯 글씨는 정결했고, 줄은 가지런했다. 마치 인쇄한 것 같다. 맨 아래에는 죠앤의 이름과 싸인(Sign)이 있고, 그 밑에는 또 다른 사람의 이름과 주소 그리고 전화번호와 또 다른 싸인이 흘겨져 있다.

프로퍼티(Porperty), 팜(Farm), 쇼핑센터(Shopping Center), 또 뱅크(Bank)와 같은 단어들은 알아볼 수가 있다. 그러나 전체적인 내용이 무엇인지는 해석이 되지 않는다.

아버지는 어머니에게 더 묻지 않는다.

장례식은 어머니와 아버지 그리고 리차드, 농장 건너편의 목장 주인 윌(Willy)씨 부부, 죠앤 할머니가 즐겨 찾던 캐피톨라 로드(Capitola Road)상에 있는 스시집 매니저(Manager)인 마이크(Mike) 그리고 창업 때부터 죠앤 할머니의 세탁물을 처리해주던 세탁소 주인 송씨 등 여덟이서 치른다.

죠앤 할머니를 묻고 돌아오는 길에 아버지와 어머니와 리차드는 윌 할아버지 집에서 저녁을 먹는다. 그들은 저녁식사 중에도, 식사 후에도 말이 없다. 멍하니 하늘을 바라보고 있다. 소똥을 먹고 자란 쇠파리들이 소리를 내며 나른다.

노을에 물든 초원의 소들이 외양간을 향해 느린 걸음으로 돌아오는 것이 보인다. 윌 할아버지가 파리와 모기를 잡기 위해 등불을 밝히자 날것들이 뛰어들어 탁탁 소리를 내며 죽어가는 소리가 들린다. 이윽고 침묵을 깨고 아버지가 먼저 말을 꺼낸다. 아버지는 소매가 해진 자켓의 안주머니에서 하얀 봉투를 꺼낸다.

— 윌 아저씨, 너무 허망하네요.

— 그러게 말일세. 죠앤은 너무 외롭게 살다 갔어.

또 다른 침묵 뒤에 아버지는 흰 봉투를 윌 할아버지에게 내민다.

— 이게 뭔가?

— 죠앤이 저에게 남긴 편지입니다. 그런데 무슨 내용인지 모르겠어요.

주름투성이인 윌 할아버지의 손이 가볍게 떨린다. 그 손떨림이 수전증 탓인지, 막연한 어떤 기대감 때문인지는 알 수 없다.

— 응, 이것은 유언장이네. 안으로 들어가세. 여기서는 글씨가 잘 보이지 않는구먼.

어머니와 리차드 그리고 윌 할아버지보다 더 늙게 보이는 부인을 두고 윌 할아버지와 아버지는 방충망이 덧달려 있는 문을 열고 안으로 들어간다.

윌 할아버지는 방으로 들어가 돋보기 안경을 찾아 쓰고 나와 식탁 의자에 앉는다. 나무 의자의 삐걱대는 소리가 밖에까지 들린다.

— 다 보고 난 후 말해주겠네.

아버지의 튼튼한 양어깨는 슬픔과 걱정으로 무너져 내린 지 벌써 며칠이나 된다.

— 우선적으로 해야 할 일은 내일 바로 앤더슨(Anderson)씨를 찾아가는 일이네. 왜 저 캐피톨라(Capitola) 로드 끝 막다른 집을 알지 않나. 장미꽃 울타리가 무성한 집 말일세. 자세한 것은 그 변호사가 말해줄 것이네만, 대강만 말해주겠네.

윌 할아버지는 석 장의 유언장을 번갈아 들여다본다.

— 앤더슨 변호사가 이 유언장의 사본을 갖고 있다고 하니…

아버지는 눈을 지긋이 감고 윌 할아버지의 말을 듣고 있다.

…… 나에게 무슨 남길 말이 있기는 할까.

윌 할아버지는 본론을 말하기 전에 헛기침을 한 다음 휴지로 가래침을 닦아내고 씽크대 옆의 휴지통에 던진다. 그 표정이 웃고 있는 것인지, 울고 있는 것인지 모호하다. 그것이 기침 때문인지, 내면의 어수선한 감정 때문인지 알 수 없다.

— 우선, 자네가 개척한 오렌지(Orange)밭을 자네에게 준다고 써 있네. 이제 자네는 10에이커(Acre)가 넘는 농장의 주인인 게야.

발코니(Balcony)에서 엿듣듯이 귀를 세우고 있는 어머니의 눈이 순간 반짝거린다. 근심과 걱정은 사라지고 서점 주인이었던 아버지를 서점에서 처음 만난 날처럼 어머니의 맥박은 뛰고 리차드를 껴안은 손에 힘이 가해진다.

— 자네에 관한 사항은 이게 전부네. 나머지는 앤더슨 변호사가 상세히 말해줄걸세.

리차드는 어머니의 무릎에 기대어 잠들기 전에 어머니의 팽팽한

긴장과 가파른 숨소리를 듣는다. 어머니의 얼굴에 미소가 스쳐 지나갈 때도 아버지의 안도감은 슬픔을 넘어서지 못한다.
창문의 방충망을 통해서 들려오는 윌 할아버지와 아버지의 두런대는 소리가 자장가처럼 들린다.
— 그리고 여기 리차드에게도 편지 한 장을 남겼네. 읽어주겠네.
연도를 바치듯 구슬픈 소리가 윌 할아버지의 목젖을 타고 넘어온다.

 사랑하는 리차드에게

 똑똑한 리차드, 네가 이 편지를 볼 때쯤이 언제인지는 모르겠으나 그때는 이미 이 할미는 이 세상 사람이 아니겠구나. 너의 모리화 노래를 더는 들을 수 없는 것이 제일로 아쉬운 일이다. 리차드야, 너에게 남기고 갈 선물을 여기에 적어두마. 네가 늘 오르락거리던 계단식 서랍장을 너에게 주마. 흠집이 나지 않도록 잘 간수하려무나. 그리고 내 집에 있는 오천여 권의 모든 책을 가져가렴. 그리고 읽어라. 그 책들을 모두 읽는 날 너는 훌륭한 사람이 되어 있을 거야. 책 속에 길이 있단다. 항상 길을 잘 찾아 나서야 하느니. 그 길이 너를 살게 해줄 것이야. 길을 잃으면 고통 속에서 살게 되지. 욕심이 가끔 그 길을 막을 때 이 할미의 말을 생각하거라. 어린 네가 지금은 무슨 말인지 모르겠지만 어른이 되면 이 할미를 기억하거라. 사랑하는 리차드, 너는 착한 아비와 현명한 어미 사이에서 태어났으니 얼마나 큰 축복이더냐.

꿈을 꾸는 듯한 밤이 지나간다.
아버지와 어머니는 밤새 이야기를 나눈다.
— 이제 걱정 없이 아이들을 키우며 살아갈 수가 있겠네요.
— 마냥 좋아할 일만은 아니지. 이제 우리에게는 받은 만큼 돌려주어야 하는 삶이 남은 거요. 그러한 삶의 길은 매우 험난한 것이지.
— 나중 일은 나중의 일이에요.
어머니는 새벽녘에야 리차드의 손을 잡고 잠이 든다. 아침이 되자 어머니와 아버지는 집을 나서기 위해 리차드를 깨우고 새 옷으로 갈아입힌다.
— 아홉 시 전에 변호사님을 찾아갈 수는 없어.
어머니와 리차드를 옥외용 나무 의자에 앉혀두고 아버지는 양배추밭의 한가운데로 들어가 상태가 좋은 양배추 몇 통을 자루에 담아온다.
장미꽃 울타리 집은 캐피톨라시의 끝자락 2마일밖에 있다. 산타크루즈 카운티(Santa Cruz County)의 다운타운(Downtown)으로 연결되는 지점이다. 산달이 다가오고 있는 어머니의 느린 걸음에 맞추어 아버지는 리차드의 손을 잡고 천천히 걷는다.

은퇴한 앤디슨 변호사는 집의 차고에 사무실을 꾸며놓고 친분이 있는 이들의 사건만을 처리해주고 있다. 앤더슨 부인이 차를 내온다. 기품 있는 부인의 움직임이 그들의 긴장을 풀어준다.
— 산달이 언제? 저우 부인.
— 네, 다음달입니다.
— 힘들겠구려.
— 저희 가문은 애를 잘 낳아요. 저희는 여덟을 낳으려고 합니다.
어머니는 묻지도 않은 말을 하고 있다. 앤더슨 변호사가 놀란 표정으로 어머니를 바라본다. 안경 너머의 그의 표정에 웃음이 가득하다.
— 할 수만 있다면 좋은 일이지. 아이들은 형제들 속에서 자라야 제대로 된 인성을 갖게 되지. 요즘은 하나씩만 낳으니 세상이 모두 이기적으로 돌아가.
— 요즘 애들은 저밖에 몰라. 타인에 대한 배려심도 없고.
앤더슨 부인이 리차드에게 캔디를 내어준다.
— 그런데 왜 하필 여덟일까?
— 저희 나라에서는 여덟은 복을 갖다 주는 숫자랍니다.
— 리차드 하나인데도 큰 행운이 왔는데 여덟이면 이 미국을 다 사고도 남겠는 걸.
어머니는 앤더슨 부인의 농담이 싫지 않다.
— 리차드, 네가 복덩이야. 그리고 똑똑하다고 이 해변마을에 소

문이 났더구나.

앤더슨 부인은 리차드의 손을 잡고 손등을 쓰다듬어 준 다음 내실로 들어간다. 앤더슨 변호사는 아버지와 어머니가 알아들을 수 있도록 가급적 쉬운 말로 천천히 설명해준다.

— 프랭크 로이드 라이트가 설계한 집은 모든 골동품을 포함해서 산타 크루즈 카운티에 기증된다. 그 집은 프랭크의 몇 안 되는 주택 설계였으므로 그 가치가 인정되어 기념관으로 꾸며질 것이다.

— 앱토스(Aptos) 시티에 위치한 작은 상가는 스탠포드 대학의 아동복지센터에 기증된다. 죠앤은 먼저 죽은 딸을 못 잊어 하며 복지센터에 봉사해온 터여서 그것은 당연한 지원이다.

— 타카라(Takara)의 매니저와 세탁소의 송 사장에게는 일만 달러씩을 남긴다. 캐피톨라 로드를 축으로 남북으로 나뉘어진 대지 중 남쪽의 10에이커에 달하는 오렌지 농장은 저우 가족에게 주어진다.

— 윌 할아버지의 목장과 경계를 이루고 있는 북쪽의 3에이커는 윌 할아버지가 목장을 하는 동안만 윌 목장에 경작권이 주어진다. 윌 할아버지의 목장은 늘 건초가 부족했으므로 새 건초지는 소들을 배불리 먹여 키울 것이다.

— 그런데 저우.

나오려던 아버지를 변호사가 멈춰 세운다.

— 자네의 농장은 최소 30년 내에는 매각하지 말라고 했네. 물론

강제조항은 아니네만.

— 네, 앤더슨 변호사님. 저와 우리 가족은 그 토지를 죽을 때까지 팔지 않을 것입니다.

아버지의 결심은 단호하다. 굳은 맹세를 아버지는 지킬 것이다.

— 머지않아서 이 지역 일대가 상업지구로 바뀔 것이고, 그렇게 되면 자네의 농장은 시티의 중심이 된다는 게야.

아버지는 현관까지 배웅을 나온 변호사 부부에게 공손히 인사한 다음 현관문 앞에 놓아두었던 양배추 자루를 건넨다. 어머니는 리차드를 건사하기에 바쁘다.

— 인사드려야지, 리차드.

— 한 가지 더.

변호사는 다시 한번 아버지를 불러세운다.

— 모든 절차는 신속히 처리되도록 할 것이니 자네는 아무 걱정 말고 열심히 개간하여 농사를 짓도록 하게나.

— 고맙습니다.

어머니가 말할 차례다.

— 이 은혜는 잊지 않겠습니다.

— 그리고… 모든 비용은 죠앤이 이미 다 지불했으니 자네는 신경 쓸 게 없네.

아버지와 어머니는 되돌아오는 길에 아무 말이 없다.

집에 들어서면서 어머니가 먼저 입을 연다.

— 그 많은 책들을 다 어디에 보관하죠?

점심시간이 훌쩍 지나 배가 고팠으므로 아버지는 냉장고에서 빵을 꺼낸다.

— 지어야지.

무엇을 어떻게 짓는다는 것인지 어머니는 묻지 않는다.

해 질 무렵 윌 할아버지 부부가 농장의 오두막집으로 찾아온다. 애플파이(Apple Pie) 한 접시를 식탁에 내려놓는다. 프랭크는 한 조각 더 먹고 싶다. 그러나 어머니 몫으로 남겨놓은 마지막 한 조각으로 손을 내밀지는 않는다.

해변의 전설

— 여보게 저우, 죠앤이 자네 농장을 팔지도 말고, 부자가 되어도 이 마을을 떠나지 말라는 데는 이곳 해변의 전설이 대를 이어 전해 내려오기 때문이네.
— 네, 월 아저씨. 죠앤이 물려준 토지는 제가 죽는다 해도 절대 팔지 않을 것입니다.
아버지는 토지와 죽음을 등치시킴으로써 결심을 더욱 다지는 듯싶다. 월 할아버지는 낮은 목소리로 말을 이어간다. 때로는 허공을 올려다보고, 때로는 손바닥을 내려다본다. 전해 내려오는 전설의 기억을 더듬는다. 아버지는 월 할아버지의 말을 들으며 잠깐 다른 생각을 하고 있다.
…… 죠앤은 왜 월 아저씨에게 3에이커의 소유권을 주지 않고 사용권만을 주었을까. 그것도 목장을 하는 동안만. 섭섭하지는 않으실까. 월 아저씨가 자식이 없어서일까, 늙어서일까 아니면 월 아

저씨의 목장이 커서일까.

— 오래전에, 아주 오래전에 말이야. 그러니까 캘리포니아(California)에서 금광이 발견되어 너도나도 금맥을 찾아 헤맬 때였지. 1849년도 전후해서 동부에서도 많은 사람들이 마차를 타고 서부로 몰려들 때였다지. 그 후로 그들을 휘리나인너스(49ers)라고 부르게 됐지만. 한 이탈리아인이 그가 잡은 물고기로 해변에서 식당을 운영하여 큰돈을 벌었다네. 어느 날 장대한 체구의 한 손님이 식당에 들어섰다네. 그 거구의 손님은 생선수프, 오징어튀김, 해물파스타 등 음식을 잔뜩 시켜놓고는 맥주에 취해서 신세한탄을 늘어놓기 시작했네. 그가 말하길 새크라멘토(Sacramento), 그의 토지에 있는 작은 개울에서 사금이 발견되있다네. 흥분한 그 사내는 그 일대를 몇 년째 뒤져봤는데 아무런 성과가 없었다네. 금맥을 찾지 못한 거지. 이제는 지쳐서 그 토지를 헐값에 매각하고 싶다고 떠들고 있었다지. 손님의 신세타령을 관심 없는 척 듣고 있던 이탈리아인 식당 주인은 사금이 있다면 근처에 분명히 금맥이 있을 거라고, 있어야 한다고 스스로 다짐했지. 여기저기서 금, 금 하는 통에 너나 할 것 없이 금광에 관한 서적을 한 권쯤은 갖고 있던 시절이었으니까. 식당 주인은 주방에 들어가 뛰는 가슴을 진정시키며 생각을 했네.

…… 아, 금맥만 찾을 수 있다면 거친 파도를 헤치며 배를 타고 먼 바다로 나가지 않아도 되는데… 나의 인생은 이게 뭐냐. 눈에 젖

은 손으로 매일 물고기 요리나 하는 꼴이란 게. 식당을 집어치우자. 맛이 있네, 없네 이젠 염증이 난다. 염증이.

— 그 이탈리아인은 새크라멘토에서 온 손님에게 주문하지도 않은 포도주까지 대접하면서 은근히 접근했지.

윌 아저씨는 처음에는 들은 것을 전하는 투로 말했지만, 이야기가 길어짐에 따라 본인이 목격한 것처럼 된다.

— 기어이 그 사금이 나온다는 토지의 위치를 알아내었네.

여기까지 말하고 윌 할아버지는 담배를 꺼내 문다. 부인이 눈치를 주었지만 윌 할아버지는 담배에 성냥불을 그어 불을 붙인다.

— 괜찮아요. 피우세요. 재떨이 드릴게요.

어머니가 접시 한 개를 윌 할아버지 앞에 놓는다. 처음에는 시큰둥하게 듣던 아버지도 그 결말이 사뭇 궁금하여 재촉하는 눈길을 보낸다.

…… 분명히 있을 거야. 못 찾았을 뿐이지. 금이 없는데 어떻게 사금이 채취된단 말인가.

— 이탈리아인의 막연한 확신은 결심으로 바뀌었네.

— 금맥을 찾았군요?

— 저우, 끝까지 들어보게. 식당 주인의 결심이 행동으로 이어지기까지는 그리 오랜 시간이 걸리지 않았지. 우선 그는 배를 팔았어. 물론 식당도 팔았지. 전 재산을 처분하여 사금이 나온다는 새크라멘토의 그 토지를 사들였다네. 희망과 욕망이 뒤섞여 그를 한

지점으로 몰고 간 거지. 그러고는 아홉이나 되는 대식구를 거느리고 이 해변마을을 떠났지. 여기에서 두세 시간 거리야. 우선적으로 그가 한 일은 인부들을 고용하여 본격적으로 사금을 채취하는 한편 책에 쓰여 있는 공식과 순서에 따라 전 토지를 빈틈없이 탐사하기 시작했네. 1년이 지나고 2년이 지나도 금맥은 발견되지 않았다고 하네. 채취한 사금은 인부들의 노임을 주기에도 턱부족이었던 게지. 더군다나 인부들은 사금을 주인 몰래 빼돌리기도 했다니까. 그의 여유자금은 고갈되어 갔고, 고갈된 것은 자금뿐만이 아니라 그의 열정과 가족의 단합이었네. 1년여를 더 버티고 나자 그와 그의 대가족은 결단을 내리지 않을 수가 없었네.

— 토지를 매각하자. 그리고 다시 시작하자.

— 처음에는 그런 용기가 남아 있었지. 그러나 토지를 사려는 사람이 나타나질 않았네. 그러던 어느 날 그 이탈리아인은 낮은 언덕의 참나무에서 목매어 죽은 그의 아내를 찾아내고는 그만 정신줄을 놓아버렸다네. 다섯 아이들은 뿔뿔이 흩어지고, 부모님은 이탈리아로 돌아가 버렸지. 홈리스(Homeless)가 되기 직전에 토지를 반값에 매각한 후 흩어진 아이들을 찾아 모은 후 뉴욕으로 떠나갔다네.

— 참 안됐군요.

— 저우, 이곳 해변마을에서 부자가 되어 떠나가면 비극적 종말을 맞이하게 된다는 전설의 시작이네.

담배연기를 내뿜으며 원 할아버지는 천정을 바라본다.
— 그런데 말이야, 저우. 부자가 될 사람은 따로 있었던 게야.
싱크(Sink)대에서 커피잔을 준비하던 어머니가 손을 멈춘다.
— 그 토지를 헐값에 사들인 아일랜드(Ireland)인 형제에게 주님
의 은총이 내린 거야. 그렇지. 주님의 은총이지. 아일랜드인 형제
는 금에는 관심이 없었네. 사금을 채취하던 인부들을 전부 해고
하고는 양을 키우기 시작했다네. 그들의 꿈은 30에이커의 거대한
대지를 양으로 가득 채우는 거였지. 그들은 고향을 떠나올 때부
터 양치기 소년이었던 게야. 반년쯤 지난 가을의 어느 날 저녁에
한 마리 양이 우리로 돌아오지 않았다네. 그날은 날이 저물어 찾
는 것을 포기하고 다음날 아침 새벽부터 어린 양을 찾아 나섰지.
온종일을 찾다가 그들은 포기하려고 했다네. 북쪽의 평원에서는
멀리서도 하얀 양이 금새 눈에 뜨일 테지만.「코요테(Coyote)에게
물려갔는지도 모르지」라고 생각하며 마지막으로 관목숲이 우거진
남쪽의 산속을 뒤져보기로 하며 언덕을 오르고 있었지. 그런데 저
멀리 그늘 속 가시덤불이 있는 곳에서 기척 소리가 났다는군. 소
리 나는 쪽으로 가보니 가시덤불로 뒤덮인 뒤쪽으로 작은 동굴이
있었다네. 그리고 그 속에서 빠져나오지 못한 어린양을 찾아낸 거
지. 작은 동굴로 들어가 보니 오래전에 누군가가 파내려가던 흔적
이 있었다네. 날이 저물어 어린양을 안고 형제는 집으로 돌아왔다
네. 그리고는 양의 이마에 붉은색으로 십자를 그어 표시를 해놓았

네. 그런데 그 다음날 그 양이 또 없어졌다는 게야.

윌 할아버지는 그 장면을 목격한 것처럼 말한다.

― 형제는 우선 그 가시덤불로 덮인 동굴로 가서 양을 찾아냈지. 그리고는 제법 깊은 120피트(Feet)가량의 동굴로 들어갔다네. 그런데 엊그제는 어두웠던 탓에 보이지 않았던 그 무엇을 보게 되었다는군. 작고 빛나는 금 부스러기들을…

어머니는 찻잔을 소리 나지 않게 조용히 식탁에 놓고 아버지의 무릎으로부터 리차드를 받아 가슴에 품는다.

― 형제는 집으로 달려가 삽과 곡괭이를 가지고 다시 동굴 속으로 들어갔네. 그리고 3피트가량을 더 파들어갔을 때 그들은 주먹만 한 금덩이를 발견하게 되었다네. 형이 말했다지.

― 더 파지 말자. 이 대지가 양으로 가득 찰 때까지 더 파지 말자. 그들은 금보다 양을 더 좋아했는지도 몰라.

― 베두인(Bedouin)족의 양치기 소년이 잃어버린 양을 찾다가 쿰란(Qumran) 동굴에서 양피지 두루마리에 적힌 성서의 필사본을 발견한 것처럼, 그리고 그것의 일부를 불쏘시개로 쓴 것처럼 형제는 금맥을 찾았으나 그들이 기뻐한 것은 황금이 아니라 그들이 찾은 어린양이었던 게야. 그곳이 바로 엘도라도 힐(Eldorado Hill)이야. 양의 머릿수가 늘어나 감당할 수 없을 때쯤 형제는 노쇠해가는 자신들의 모습을 바라보면서 양들을 모두 처분했고, 이어서 금광을 열었지. 지금 샌프란시스코와 몬트레이(Monterey) 반도의

큰 부자들은 대부분 금광 소유주의 후손들인 게야. 그들도 샌프란시스코(San Francisco)의 해안에 대저택을 짓고 이사했다고 하네.
― 그런데 먼저의 그 이탈리아인은 왜 그 동굴을 발견하지 못했을까요?
― 음, 그들은 시냇물이 흘러오는 상류 쪽만을 뒤졌던 거야. 사금이 흘러 내려오는 방향으로만. 그리고 그 가시덤불이 동굴 입구를 이불처럼 덮고 있었다니까. 이탈리아인의 결정적 오류는… 오류라기보다, 오산은 자연을 이해하지 못한 데 있었던 거라네. 무슨 말인고 하니 시냇물의 흐르는 방향만을 지표 삼아 그 상류 쪽에만 신경을 쓴 것이지. 새크라멘토의 기후는 건조하고, 또 평야지대이기 때문에 시냇물의 유속은 아주 느리다네. 자주 있는 현상은 아니지만, 폭우가 내릴 때는 남쪽의 산에서 쏟아져 내리는 빗물이 시냇물의 방향을 거슬러 흐르기도 한다네. 폭우로 인한 일시적인 역류가 그 금 부스러기들을 시냇물로 운반시켜 주었던 거지. 그렇게 되어서 사금은 시냇물의 하류에서만 채취되었던 거라네.
윌 할아버지는 새 담배에 불을 붙인다. 아버지가 다시 주스 한 잔을 윌 할아버지 앞에 놓는다.
― 여보게 저우, 살면서 그 역류, 인생에도 역류가 있다는 것을 잊지 말게나.
아버지는 무슨 뜻인지 잘 이해가 되지 않는 눈치였지만 고개를 끄덕여 준다.

……순리를 거스르지 말라는 말씀인가. 역류와 순리는 서로 다른가. 역류는 순리에 맞서지 못하고, 그러나 순리는 가끔 역류에 휩쓸리는지도 모른다…

― 저우, 시원한 물 한 잔을 주게나.

― 맥주 한 잔 하시겠습니까? 며칠 전에 차이나 가든(China Garden)에서 일하는 친구가 사온 것이 있습니다만…

― 그것도 좋지.

어머니는 다시 리차드를 아버지의 무릎에 내려놓고 천천히 냉장고의 문을 연다. 어머니는 부푼 배 때문에 거동이 부자연스럽다. 월 할아버지는 한 모금 길게 들이키더니 캔(Can)에 쓰여 있는 글씨를 들여다본다.

― 리차드가 잠들지 않았어요? 몸도 불편할 텐데 안으로 들어가도록 해요.

― 이 아이는 제가 잠들기 전에는 잠을 자지 않는답니다.

― 이보게 저우, 맥주를 보니 또 다른 이야기가 생각나네.

아버지는 어머니를 힐끗 바라본다. 어머니는 승낙한다는 듯 미소 지어 보인다. 아버지가 어머니의 승낙을 받거나 말거나 할 일은 아니었지만, 아버지는 둘째 아이를 가진 어머니를 안쓰러워한다.

― 리차드를 먼저 재우구려.

― 아니, 괜찮아요. 저도 월 아저씨 말씀을 더 듣고 싶어요.

어머니의 대답은 이 농장을 끝까지 지켜야 한다고 결의하는 것 같다. 아버지도 더욱더 확고한 생각을 품는 것 같다.

― 이 지역에서는 예로부터 양조장이 성업을 했었지.

두 번째 캔 뚜껑을 따면서 윌 할아버지가 말한다.

― 270여 개나 되는 크고 작은 맥주공장이 숲속과 해안가에 널려 있었지. 아마도 이 지방의 석회석이 함유된 물 때문이었을 게야. 그리고 고깃배들이 출항할 때는 맥주를 한 통씩 싣고 나갔거든. 갈증에는 맥주가 최고라네. 그중에서도 제일 알아주는 양조장 집이 있었네. 맛도 맛이지만 알콜 도수도 다른 양조장보다 조금 높았지. 젊은 부부였었네. 독일인이었지. 아이도 없었고, 그들의 젊음만큼이나 향이 좋은 맥주를 만들었었지. 뱃사람들은 대부분 그 집 맥주를 좋아했어. 선불을 내고 주문해야만 손에 넣을 수 있었네. 젊은 부부는 채 십 년도 되지 않아서 큰 재산가가 되었지. 거기까지는 좋았네. 아이도 하나 생기고 더없이 행복한 가정을 꾸려나갔네. 고기잡이가 뜸한 계절은 매해 찾아오기 마련이네. 젊은 부부는 결혼 10주년에 모처럼 휴가를 만들어서 나파밸리(Napa Vally)로 여행을 가게 되었지. 문제의 발단은 그 여행에서 시작되었네. 나파밸리에는 무수히 많은 와이너리가 아직도 번성 중이네만. 그들은 그들이 머물던 호텔에서 그 근처에 있는 고성처럼 멋지게 지어진 와이너리(Winery)를 보았네.

…… 내일은 저곳에서 와인(Wine)맛을 봐야겠다.

― 그들은 이태리풍의 석조건물 지하를 투어(Tour)하면서 달콤한

와인의 맛을 즐겼어. 며칠 더 나파에 머물면서 밤마다 와이너리의 주인이 되는 꿈을 꾸었던 거네. 그들에게서 이제 맥주 제조에 대한 열정은 식어가고 있었네. 그러다 마침내 기회가 왔네. 그들이 머물던 호텔에서 전화가 왔다네. 그 아름다운 포도밭 한가운데 지어진 고성 같은 와이너리의 주인이 교통사고로 갑자기 사망했다는 거였네. 그 자식들은 도회로 나가 이미 사업가로 성공한 터라 와이너리에는 흥미가 없다고 하면서 인수자를 찾고 있다고 했네. 매물로 나오기 전에 접촉해서 딜(Deal)을 해보라는 거였지. 지금도 그가 좋아하며 아내에게 키스하던 모습이 눈에 선하네. 육십여 년 전의 일이네. 나는 그때 작고하신 부친의 심부름으로 맥주를 사러 가곤 했었지.

윌 할아버지는 눈을 감고 회상에 잠긴다.

— 그의 양조장은 좋은 가격에 쉽게 팔렸네. 내 부친이 그의 맥주공장을 인수하고 싶어 하셨지만 자금이 부족했어. 젊은 부부는 현금도 상당히 많았기 때문에 와이너리를 인수하고도 남았다네. 인수하기 전에도 그는 프랑스로 출장을 갔다 오곤 했어. 더 좋은 와인을 만들기 위해서지. 가뭄이 극심한 해에도 그의 포도나무는 시들지 않았네. 지하수가 풍부한 토질이었던 게야. 캘리포니아의 대가뭄으로 집에서 세차도 못하게 했던 어느 해 봄에 그는 또 프랑스로 가서 와인스쿨(Wine School)에 입학을 했다네. 그의 맥주처럼 와인 또한 일등을 하고 싶었던 거야. 그가 프랑스에서 전보

를 받은 것은, 단기 코스의 와인스쿨을 졸업하기 며칠 전이었다고 하네. 「속히 귀국 바람」이 가련한 독일인은 돌아오고 나서야 그의 앞에 펼쳐진 참혹한 비극의 무대를 보게 되었네. 한 세기 만에 불어닥친 나파밸리의 거대한 산불이 그의 모든 것을 삼켜버렸다는 것을. 그의 포도밭은 황무지로 변했고, 그 멋들어진 성곽은 돌기둥만 남은 채 잿더미로 변해 있었지. 그의 젊은 아내와 하나밖에 없는 아들은 불길을 피하지 못했다네. 시신도 수습할 수가 없었지. 그 후 나파밸리의 산불은 사십여 일이 지나 더 태울 것이 남아 있지 않을 때서야 멈추었지. 그 독일인은 재기할 힘도 남아 있지 않았고, 의지도 상실한 채 어디론가 떠나고 말았다네. 저우, 다시 한번 말하거니와 이곳 해변마을에서 이루어진 성공의 씨앗을 다른 지방으로 옮겨 심어서는 안 된다는 말이야. 죠앤은 이 해변의 전설을 잘 알고 있었어. 이 모든 비극적 결말들을…

처음에는 사실에 입각해서 간결하게 전해지던 일들이 세월이 흐르면서 살이 붙고 가지가 뻗어나서 극적으로 전설화되어 나간다.

— 그러니 저우, 자네가 원하는 것을 다 이룬다 해도 이 해변마을을 떠나지는 말게. 죠앤의 유언대로…

리차드는 두런대는 어른들의 말소리를 자장가 삼아 잠이 든다.

— 더 많은 일들이 전해지고 있지만 오늘은 이만하기로 하지.

월은 자전거상으로 출발하여 오토바이 공장을 설립한 후 파산한 영국인의 이야기는 하지 않는다.

― 자, 우리는 이제 새벽부터 밤늦게까지 일을 해야 하네. 나도 내일은 건초를 위한 씨를 뿌려야겠어. 고맙기도 하지, 죠앤.

양배추밭

양배추의 싹은 아직 양배추의 둥그런 모습을 갖추지 못하고 있다. 만삭의 몸으로 잡초를 뽑는 어머니의 손이 무겁다. 아버지는 저 멀리 동쪽 토지의 오렌지 나무뿌리와 씨름하고 있다. 몇 십 년간 방치된 오렌지 나무들은 엉겅퀴와 뒤엉켜져서 몸살을 앓고 병든 지 오래다. 늙은 오렌지는 엑기스를 품지 못한다. 억센 잡초가 늙은 오렌지 향기마저 다 빼앗아간 지 오래다.

아버지는 오렌지 나무를 차례대로 베어나간다. 베는 일은 어렵지 않았으나 뿌리는 오래도록 땅에 박혀서 생명을 유지해왔으므로 깊고 넓어서 아버지를 지치게 한다. 뿌리까지 제거하지 않으면 밭으로 쓸 수가 없다.

아버지는 톱과 곡괭이와 삽만으로 오렌지 나무들과 싸우고 있다. 하루에 한 그루도 없어지지 않는다. 아직 1에이커도 개간하지 못한다. 잘리고 뽑혀진 나무는 대지의 경계에 쌓아 말린다. 그것들은 오두막집의 벽난로에 태워져서 그들 가족의 겨울을 덥혀줄 것이다. 나무가 베어질 때 모세관을 타고 오르던 물기가 발산되어 오렌지 향이 바람에 섞여온다.

마을 사람들은 아버지와 어머니의 끊임없는 노동을 경의로운 눈으로 바라본다. 점심때가 되어서야 아버지는 어머니 쪽으로 온다. 모자를 벗어 옷의 먼지를 툭툭 털면서 어머니 곁에서 양배추의 싹을 들여다본다.

— 여보, 무리하지 말아요.

— 오늘은 그래도 벌써 한 그루를 거의 다 뽑았어. 오후에는 내가 잡초를 뽑을 테니 집에 가서 쉬도록 해요.

— 당신이야말로 쉬어가면서 하세요. 몸이 부서지겠어…

— 이제 우리 땅이 되었으니 서두를 것은 없겠지.

— 그런데 그 앤더슨 변호사를 또 만나봐야 하지 않겠어요? 언제쯤 정말로 우리 것이 되는지…

어머니는 아직도 실감이 나지 않는 모양이다.

— 연락이 올 거요. 우리가 서명할 것도 있다고 했으니… 서두른다고 더 빨라지지는 않는 법이오. 정해진 것은 아무것도 바뀌지 않으니.

1에이커도 안 되는 밭에는 아직 파종하지 못한 빈 밭이 남아 있다.

— 파도 심고 가지도 심고 고추도 모종을 내야 할 텐데… 아기가 나오기 전에.

죠앤 할머니가 땅에 묻힌 후 리차드는 말수가 적어진다. 아침에 일어나서 죠앤 할머니를 부르며 밖으로 뛰어나간 적도 있다. 전처럼 아버지가 만들어준 목각 곰인형을 갖고 놀지도 않는다. 땅을 파고 다시 덮고 그 위에 나뭇가지로 만든 십자가를 꽂으며 겁먹은 표정이 된다. 땅을 파다가 지렁이가 나올 때면 손에 쥐고 어머니에게 달려간다. 지렁이가 리차드의 손에서 꿈틀댄다.

— 엄마, 이 지렁이 좀 봐.
— 징그럽지도 않니?
— 엄마, 지렁이는 무얼 먹고 살아?
— 흙을 먹고 살지.
— 지렁이가 흙을 다 먹어버리면 땅이 다 없어지겠네?

수천, 수백만의 지렁이가 흙을 먹어 치운다 해도 대지의 면적이 줄어든 적은 없다. 대지는 더 깊은 숨을 쉬고 더욱 비옥해져서 농토를 살찌운다.

— 이제 땅파기 놀이는 그만하려무나.
— 갖고 놀 게 없는데… 참, 그 구슬, 산호세 아저씨네 두고 왔어요, 아빠!
— 응, 조만간 시간을 내어 찾아다 주마. 리차드, 그러니 어머니 말씀대로 땅파기 놀이는 그만하도록 해라.

빵과 삶은 감자로 점심을 때우고 어머니는 이마에 맺힌 땀을 손등으로 닦아낸다.

― 벌써 여름이 온 것 같구먼. 당신은 리차드를 데리고 먼저 들어가요.

어머니의 배는 봄날의 대지처럼 부풀어 올라 몸이 무거웠으나 나날이 새로운 힘이 솟아오른다. 아지랑이가 피어오르고 윌 할아버지네 목장의 소들은 한가로이 풀을 뜯고 있다.

― 아이들이 우리처럼 이렇게 힘들여 살지는 않아야 할 텐데…

어머니는 늘 말끝을 흐린다. 그 다음의 언어는 듣는 사람의 몫이 된다.

― 이 땅이 우리 아이들에게 더 나은 삶을 살아가도록 해줄 거야. 단지 욕심을 내지만 않는다면.

그 사이를 못 참아 리차드는 부드러운 대지의 냄새라도 맡으려는 듯 코를 내밀고 작은 손으로 땅을 파헤치고 있다.

― 무서워. 무서워. 할머니는 왜 땅속에 있는 거지?

리차드의 두려움은 땅속에 묻힌 죠앤 할머니의 모습과 흐느끼는 어른들의 슬픈 표정에서 비롯된 것이다.

― 리차드, 아빠가 내일 죠앤 할머니가 너에게 준 계단식 서랍장을 가져다줄게.

― 저녁은 국수를 만들게요. 리차드, 이 호미를 갖고 오렴.

아버지는 긴 밭고랑을 다듬으며 앞으로 나아간다. 허리가 꺾이는 노동에도 불구하고 마음은 가볍다.

…… 소유한다는 것이 이리도 좋은 것인가.

아버지는 어머니에게조차 이 대지의 소유주가 되어 가질 법한 기쁨을 내색한 적이 없다.

…… 거저 얻은 것이니 결국은 거저 주어야 할 때가 올 것이다. 다만 아이들이 성장하고 스스로 일어날 때까지 농장을 개간하고 잘 가꾸어야 한다. 본디 내 것이란 없는 법이지. 내일은 리차드의 구슬을 찾아다 주어야지.

다음날 이른 새벽에 아버지가 길을 나선다.

— 어디 가시게요?

— 당신이나 나나 오늘은 쉬도록 합시다. 어제는 일을 너무 많이 했어. 리차드에게 구슬을 찾아다 주어야겠어. 땅을 파는 놀이는 좋지 않아. 어쩐지 불길한 느낌을 주니까.

— 걸어가시게요?

— 그럼 걸어가야지 별수 있나?

양배추를 수확하여 팔기 전에는 몇 불도 아껴야만 한다. 버스를 타면 30분 거리를 아버지는 걷는다. 가시덤불에 찔리고 오렌지 나무뿌리에 긁힌 아버지의 정강이는 상처투성이다. 그러나 아직 아버지의 근육은 힘차게 작동된다.

17번 도로를 따라 20여 마일의 산길을 넘으니 해는 이미 중천에 떠 있다. 캐피톨라시로 넘어오기 전에 살았던 주택건설업자의 집에 도착하니 원 목수의 부인 혼자서 재봉 일을 하고 있다.

— 부인은 잘 지내요? 리차드도 잘 크고요? 둘째 아기는 언제? 그

런데 어쩐 일이세요?

— 리차드가 구슬을 찾기에…

— 그렇지 않아도 구슬을 볼 때면 리차드가 생각나서…

부인은 구슬 한 자루를 차고에서 찾아다 준다.

— 걸어오셨어요?

— 네.

— 어휴, 거기서 여기가 어데라고.

— 원 사장님께도 안부 전해주세요.

— 보고 가셨으면 좋을걸. 요즘은 허리 병이 도져서 작은 일거리도 맡지를 못한답니다.

부인은 한사코 사양하는 아버지에게 버스비를 쥐여준다. 죠지 워싱턴(George Washington)의 흉상이 양각되어 있는 동전 두 잎이다. 아버지는 왔던 길을 되돌아 걸어서 저녁녘에야 집에 도착한다. 오는 길은 갔던 길보다 구슬 무게만큼 발걸음이 무겁다.

— 리차드야, 구슬 여기 있다. 이제 땅파기 놀이는 안 하는 거야, 알았지?

해지기 전에 아버지는 죠앤 할머니가 물려준 계단식 서랍장을 손수레에 싣고 온다. 방수포를 덮으면서 아버지는 어머니에게 말한다.

— 어서 지어야지 방을… 양배추를 수확하면 다소 여유가 생길 테니 그때까지만 잘 견딥시다.

— 그런데 여보, 저 계단식 서랍장을 안으로 들여놓아야 하지 않을

까요? 죠앤이 그토록 아끼던 물건이었는데 밖에다 두는 것은 왠지 좀 죄를 짓는 것 같아.

아버지와 어머니와 리차드가 기거하기에도 농막은 좁다.

죠앤 할머니가 애지중지하던 물건이라는 말을 듣자 아버지는 방수포를 걷어내고 리차드의 잠자리 옆에 세워준다. 사방 8피트의 방은 바닥에 깔린 침대 대용의 쿠션(Cushion) 한 개와 서랍장으로 인해 더욱 협소해 보인다.

리차드는 구슬을 색깔별로 구분하여 서랍에 넣는다. 서랍을 여닫을 때마다 구슬이 구르는 소리는 할머니의 노래처럼 들린다.

…… 꿈속에 그려라. 그리운 고향…

리차드는 죠앤 할머니가 곁에 있는 것 같은 기분에 싸여 깊은 잠에 빠져든다. 해가 긴 여름에 웰스파고(Wells Fargo) 은행으로부터 우편물이 온다.

— 은행에서 한 번 와달라고 하는데요.

— 저축한 돈도 없는데… 아무튼 같이 가봅시다.

아버지는 읽는 것보다 듣고 말하는 것을 더 어려워했으므로 늘 어머니를 앞세운다.

— 죠앤이 우리에게 1만 달러를 남겨주고 갔대요. 어카운트(Account)를 오픈(Open)하라고 하네요.

…… 이제 농기구를 살 수가 있겠구나. 전기톱도 살 수 있고, 방도 들일 수 있고, 중고트럭도 한 대 사야지.

어머니의 배는 더욱 부풀어 올라서 터지기 직전의 풍선 같다.
— 산달이 다가오는데 어서 방을 만들어야겠어.
아버지는 늙은 오렌지 나무를 전기톱으로 자르고 체인블럭(Chain Block)을 삼각대에 걸고 도르레를 잡아당겨 뿌리를 뽑아낸다. 체인블럭과 도르레 덕에 하루에 한 그루씩 오렌지 나무를 걷어낸다. 어머니가 하던 밭일도 모두 아버지의 몫이 된다.

오동잎

해는 서산에 지고 쌀쌀한 바람 부네
날리는 오동잎 가을은 깊었네
꿈은 사라지고 바람에 날리는 낙엽
내 생명 오동잎 닮았네
모진 바람을 어이 견디리
지는 해 잡을 수 없으니
인생은 허무한 나그네
봄이 오면 꽃 피는데
영원히 나는 가네

- 영화 「스잔나」의 주제곡

둘째, 존(John)

오두막은 방이 하나뿐이다. 벽장이 달린 부엌은 싱크대 주변의 상판 에지(Edge)가 떨어져 나가 습기에 불어난 대로 파티클 보드(Particle Board)의 속살이 드러나 있다. 화장실은 오두막 뒤편의 헛간에 붙어 있는 재래식이어서 고약한 냄새를 풍긴다. 아버지는 매일 밤 리차드가 잠들기 전에 대소변을 보게 한다.

― 방을 빨리 지어야겠어.

땀을 닦아내며 아버지는 따뜻한 눈빛으로 어머니를 향해 주문처럼 외운다.

― 새 아기가 태어나면 리차드의 잠자리가 없으니…

― 허가는 안 받아도 되는지.

― 농기구 창고처럼 작게 지으면 괜찮을 거야.

어머니의 하얀 이가 햇살에 빛난다.

― 가로 8피트(Feet)에, 세로 12피트(Feet) 정도로 작게 지어야지. 4피트의 복도를 빼고 나면 실제로 방의 크기는 가로 8피트, 세로 8피트의 정사각형이 될 거야. 리차드의 침대도 하나 만들어야지.

― 무슨 말인지 저는 잘 모르겠어요.

― 그러니까 커다란 합판 두 장이 방이 되는 거구, 합판 한 장이 방 앞에 복도가 되는 거야.

― 죠앤이 리차드에게 물려준 책들을 넣을 방도 만들어야 하는데 우선은 급한 대로 리차드의 방부터 짓기로 하지. 책들은 습기가

닿지 않도록 비닐로 싸서 헛간에 보관하면 될 게고.

벽체용 합판 여섯 장, 바닥용 합판 석 장, 그리고 지붕용으로 넉 장이면 될 것이다. 아버지의 계산으로는 합판 열석 장이면 방 한 칸이 만들어지는 것이다. 판넬(Pannel) 한 장에 사용되는 2인치×4인치 소나무 각목은 길이가 8피트짜리 여섯 개면 된다.

아버지는 읍내에 있는 로렌죠(Lorenzo) 목재회사에서 합판 열석 장과 각목 이른여덟 개를 중고트럭에 싣고 와서 오두막 옆에 내려놓는다.

아버지는 오두막의 동쪽 벽 모서리로부터 9피트 되는 지점에 말뚝을 박고 실로 연결한다. 실은 수평과 거리를 정해준다. 가로 8피트와 세로 12피트가 장차 리차드의 공간이 될 것이다.

아버지의 12피트는 4피트짜리 합판 석 장이 이어지는 거리다. 빗물을 받아줄 지붕 재료와 추위를 막아줄 보온재는 판넬을 세운 뒤 계산할 것이다. 바닥은 지상으로부터 1피트 위에 설치하기로 한다. 바닥을 받쳐줄 기둥은 4인치×4인치의 목재가 사용되고, 모든 기둥이 세워지는 지면에는 사전에 콘크리트 기초를 해둔다. 오두막 본채와 신축건물은 바닥의 레벨(Level)을 일치시켜야 한다.

둘째 아이가 태어나기 전에 완성해야만 한다. 캘리포니아에서는 12월부터 우기가 시작되므로 서둘러야 한다. 아버지는 가로 4피트, 세로 8피트의 합판과 2인치×4인치의 소나무 각목을 이용해서 판넬을 만들기 시작한다.

혼자서 벽을 세울 때는 각목을 댄 판넬을 미리 만들어서 세워나가며 연결하는 것이 수월하다. 세로로 댄 각목은 16인치 간격으로 한다. 각목과 각목 사이에는 내부에 드라이 월(Dry Wall)을 붙이기 전에 보온재를 넣을 요량이다. 판넬을 만들어서 세우기까지 3일이 걸린다. 아침부터 저녁까지 울리는 망치 소리가 어머니를 설레게 한다. 사랑하는 리차드의 방과 새로 태어날 아기를 상상하며 지내는 날들이 행복하다.

판넬 석 장으로 바닥을 만든다. 회랑의 앞 기둥 두 개는 4인치×4인치의 잘 다듬어진 레드우드(Red Wood)로 세운다. 바닥의 가장자리에 벽체용 판넬을 세우고 이어 붙인다. 판넬이 모두 세워지자 비로소 공간이 되어 나타난다. 문의 위치와 창문의 위치를 정하고 직쏘(Zig Saw)로 잘라낸다.

아버지는 이 모든 순서와 과정을 원 목수 아저씨에게 배울 때 기록해둔 노트를 식사때마다 펼쳐 본다. 아버지의 계산대로라면 모든 재료는 조각을 남기지 않게 된다. 4피트×8피트는 아버지가 짓는 집의 기본 단위이다. 때로는 재료의 기본 단위와 그 배수들이 건축물의 크기를 결정한다.

아버지는 바닥과 벽을 설치하고 일주일을 지내 보낸다. 모양을 갖춘 양배추를 돌봐야 하기 때문이다. 어머니는 몸이 둔해져서 농사일에 동참할 수가 없다.

아버지는 초저녁 밤이 오면 리차드를 안고 8피트×8피트의 공간으로 들어가서 하늘을 바라본다. 그때마다 하늘로부터 별빛이 쏟아져 작은 공간을 채운다. 이제 지붕을 만들 차례다. 새벽이 되면 벽과 바닥은 습기를 품는다. 습기 때문이 아니어도 아버지의 마음은 조급하다.

2주일 안에 완성해야만 한다. 새로 태어날 아이가 성급히 세상 구경을 하고 싶다고 보채지만 않는다면 말이다. 지붕의 경사 각도는 본채를 따라 30도로 정한다. 트라스(Truss) 꼭짓점까지의 높이는 3피트가 된다. 그리하면 경사면의 길이를 8피트로 했을 때 벽의 밖으로 나오는 처마는 1.5피트가 되어 적당하다.

이제야 골격이 완성된다. 지붕은 방수지를 깐 후 벽돌색의 슁글(Shingle)로 마감한다. 외벽은 사이딩(Siding)으로 덧대어 나간다. 오두막에 덧이어진 리차드의 방은 본채의 팬트리 도어(Pantry Door)와 연결되어 그 안이 본채의 부엌에서도 보이게 된다. 어머니는 부엌일을 하면서도 리차드를 살필 수가 있고, 리차드는 어머니가 늘 가까운 곳에 있다는 것을 느낄 수 있다. 아버지의 세심한 배려다.

페인트칠까지 모두 마친 날, 아버지는 회랑의 전면에서 20피트쯤 떨어진 곳에 오동나무 한 그루를 심는다. 오동나무가 자라면 무성한 잎들이 태양을 가려줄 것이고, 이십 년쯤 후에는 리차드에게 가구를 만들어줄 수 있을 것이다.

어머니는 저녁식사를 위해 치킨 요리를 한다.

— 여보, 고생이 많았어요. 나는 당신을 도울 수가 없었군요.
아버지는 말없이 팽팽히 부풀어 오른 어머니의 배를 바라본다. 리차드는 행복하다. 한 지붕 아래서 세 식구가 따뜻한 눈빛을 주고 받을 때가 제일 좋다. 이보다 더 좋은 광경이 이 세상에는 없을 것이다.
— 이제 일주일 남았어요. 발차기를 세게 하는 걸 보니 또 사내아이인가 봐요.
— 엄마, 나 동생 생겨?
— 그래 리차드, 동생이 생기면 우리 리차드는 새로 지은 방으로 가야 된단다.
리차드의 얼굴에 기쁨과 슬픔이 겹쳐진다.
— 혼자서?
새 동생의 얼굴이 궁금하기도 하고 조금 미운 생각이 들기도 한다.
…… 죠앤 할머니가 있으면 좋을 텐데.
죠앤 할머니의 따뜻했던 손길과 인자한 모습이 그립다. 기억 속에 쌓인 과거를 볼 수 없거나 만질 수 없을 때 그것이 무엇이건 그리움은 지워지지 않는다. 그것이 죠앤 할머니 집의 붉은 돌이라 해도.
존이 태어난 날 흑단으로 만들어진 계단식 서랍장은 새 방으로 옮겨진다. 어머니는 리차드가 잠들 때까지 유리문 너머로 리차드와 눈을 맞춘다. 혼자 잠드는 밤이면 죠앤 할머니가 목쉰 소리로 부르는 깃 같다. 낮에도 새 방은 왠지 어설프고 서먹하다. 한 가지 위안이라면 새 방과 부엌으로 통한 두 쪽짜리 커다란 유리문 너머로 어머니의 요리하는 모습을 볼 수 있다는 것이다. 어머니는 가끔 뒤돌아서서 근심 어린 눈으로 리차드를 바라본다.

— 아가야, 괜찮아. 이렇게 엄마가 곁에 있잖아.

존이 태어난 해는 모든 것이 순조롭다. 2년 동안에 2에이커나 개간되어 양배추밭은 점점 넓어진다. 아버지는 개간된 땅에 잡초를 썩혀 만든 퇴비를 섞는다. 2피트 간격으로 이랑을 만들고, 1피트 반 간격으로 파종을 한다.

5월 초순에 파종한 양배추는 7월 중순에 수확한다. 그리고 다시 파종을 하여 가을에 수확한다. 그 다음 겨울 양배추를 이른 봄에 수확하지만 겨울 양배추는 속이 차지 않아서 무게가 덜 나간다. 줄어든 무게만큼 수입도 줄어서 아버지는 우울하다. 아직도 8에이커에는 뽑히지 않은 오렌지 나무와 잡초가 무성하다. 아버지는 서둘지도 않고, 느리지도 않게 개간해 나간다.

어머니는 41번가의 도로에 면한 곳에 그늘막을 쳐놓고 각종 채소를 판매한다. 존은 그늘막 모서리에서 잠들고, 리차드는 손님들에게 인사하는 법을 배운다. 여름이 끝나갈 무렵 앱토스(Aptos)시에 있는 채소상으로부터 정기적인 주문이 온다. 수입이 나아지기는 했지만, 아버지와 어머니의 노동은 점점 늘어간다. 오렌지 나무가 뽑히는 숫자에 비례해서 노동의 크기가 자라난다.

아버지는 리차드의 방에 이어서 서고를 짓고, 죠앤 할머니가 리차드에게 남긴 서적들을 정리해 놓는다. 라이트의 작품집도 그 속에 있다.

셋째, 앤(Anne)

존이 두 살 되던 해에 앤이 태어난다. 태어날 때부터 덩치가 큰 계집아이다. 아버지는 서고에 이어서 다시 방을 하나 더 만든다. 리차드는 서고 다음 칸으로 옮기고, 리차드의 방은 존의 방이 된다. 존은 조용한 아이다. 어머니와 떨어지게 되어도 울지 않는다. 8피트짜리 방 세 개가 이어지니 제법 집 같은 모양새가 된다. 회랑의 길이도 24피트나 되어 구슬치기 놀이하기에 좋다.

아버지는 새 방 앞에 또다시 오동나무를 심는다. 앤이 태어난 해는 가뭄이 극심하여 농사가 좋지 않다. 양배추 수확은 예년의 절반도 되지 않는다. 지하수까지 말라간다. 아버지는 물이 모자라 애쓰면서도 두 그루의 오동나무에 물 주는 일은 거르지 않는다.

— 리차드를 학교에 넣어야지요.

어머니의 채근에 아버지는 리차드의 손을 잡고 읍내로 향한다. 앤더슨 변호사의 집을 지나친다. 장미꽃 울타리에 꽃이 화려하다. 1학년 된 어린아이가 3마일이 넘는 거리를 걸어서 등하교하는 일이 쉽지는 않을 것 같다. 어머니는 아버지가 태워다 주기를 바라는 눈치지만 아버지는 모르 체한다.

…… 걸어야 한다. 혼자서 걸어야 해. 걸어서 가고 걸어서 돌아와야 해. 그것이 인생이다.

리차드도 아버지에게 중고트럭을 태워달라고 조르지 않는다. 아버지는 새벽부터 해가 질 때까지 허리를 펼 시간이 없다. 씨를 뿌려야 하고, 양배추를 키워야 하고, 오렌지 나무를 뽑아야 한다. 리차드는 투정하지 않는다.

아버지가 그늘막의 판매대 옆에 놀이터를 만들어준다. 모래 위에는 완만한 경사의 미끄럼틀과 그네 하나가 있다. 학교에서 돌아온 리차드는 어머니를 돕고 존과 앤은 그네를 탄다. 존은 가끔은 제 누이에게 모래를 뿌리며 장난을 친다. 착한 앤은 울면서 눈을 비빈다.

— 비비지 말아 앤. 눈을 감고 눈물이 나올 때까지 기다려라.

그 후로 앤은 눈병이 잦아서 어머니를 애태우게 한다. 덩치는 커다란 계집애가 안약을 넣어줄 때마다 기절할 것처럼 운다. 리차드는 울지 말라고 소리쳐 주고 싶지만, 어머니를 놀라게 하고 싶지는 않다.

— 리차드, 동생들을 잘 보살펴야 한다.

— 리차드, 동생들을 도와야 한다.

— 리차드, 항상 행동거지를 바르게 해야 해. 동생들이 너를 보고 배운다.

— 리차드, 동생들이 잘못되면 그건 너의 책임이야.

― 존이 모래를 뿌리지 못하게 해야 했어.
어머니가 늘상 리차드를 일깨우는 말이다. 어머니의 한숨 소리가 잦아진다. 셋째와 넷째 동생이 태어나기도 전에 앤은 어머니의 얼굴을 볼 수 없게 된다.

넷째와 다섯째, 윌리엄(William)과 에드워드(Edward)
쌍둥이 동생이 태어난 후에도 앤은 첫 번째 방을 사용할 수 없게 된다. 앞이 보이지 않았으므로 갓 태어난 쌍둥이 동생들과 함께 어머니 방에 그대로 머물게 된다. 일반적인 치료로는 손상된 각막이 원상회복될 수 없다는 것을 알게 되었을 때 어머니는 탄식을 한다.
아버지는 첫 딸은 살림 밑천이라고 좋아하셨지만, 앤은 그 역할을 할 수가 없을 것 같다. 죠앤 할머니가 남겨준 돈의 절반을 보태고 양배추를 팔아 모아서 각막이식 수술을 받는다. 수술을 받고 나서도 반년을 더 어머니 곁에 머문다. 방은 서고를 포함해서 32피트의 길이로 늘어나고, 오동나무도 세 그루로 늘어난다. 존과 리차드의 오동나무는 벌써 가지가 뻗고 잎이 무성하다.
윌리엄과 에드워드는 생김새는 같았으나 성격은 딴판이다. 윌리엄은 음악 소리가 들리면 흔들어대었는데 에드워드는 반응이 없다. 리차드는 그것이 의아하다. 무엇이 저들을 같게 만들었으며, 노는 모습은 왜 저렇게 다른 것인지.

어머니는 다섯 아이를 건사하느라 아버지를 도울 수가 없다. 그러나 41번가의 길가에 설치된 그늘막에서 행인들에게 채소를 파는 일을 멈추지 않는다.

모래사건 때 아버지에게 꾸지람은 들은 존은 말이 없는 아이로 변해 있다. 에드워드를 돌보는 것은 존의 몫이 되고, 리차드는 주로 윌리엄을 돌본다.

앤은 어머니 곁에서 떨어지지 않는다. 언제부터인가 존은 에드워드를 데리고 서고에 틀어박혀서 놀이터에는 나오지도 않는다. 읽지도 못하는 책을 뒤적이고 그림이나 사진이 나오면 그것을 스케치북에 옮겨 그린다.

— 내버려두어라. 책을 가까이하는 것은 좋은 습관이야.

그러던 어느 날 존이 에드워드를 안고 서고에서 뛰어나오며 소리친다.

— 엄마, 엄마! 에드워드가 이상해요.

에드워드의 눈동자는 검은 동자가 없어지고 하얗게 변해 있다. 아버지가 달려와서 에드워드를 차에 싣고 도미니칸 병원의 응급실로 향한다. 조치를 받고 나서야 에드워드는 깨어나고, 검은 눈동자도 자리를 잡는다. 정밀검사 결과 에드워드가 선천적 심장판막 증세가 있다는 통보를 받는다. 이번에는 어머니가 하얗게 질린다.

— 수술하면 나을 수 있는 병이야.

— 리차드, 에드워드가 열여덟이 될 때까지는 아무 일도 시키지 말

거라. 그리고 리차드 너도 내년부터는 서고에 가서 쉬운 책부터 읽도록 해라. 나를 도울 생각은 말고. 너를 위해서 다음달에 놀이터에다 철봉대를 하나 만들어줄게. 장남이 튼튼해야 모든 가족이 든든하지.

뙤약볕에 양배추의 속이 실하게 들어차고 싱싱한 채소들이 자라날수록, 그리고 오렌지 나무가 뽑혀 나가고, 그 자리에 새로운 밭이 생겨날수록 아버지의 양어깨와 상처투성이의 정강이는 무쇠처럼 단단해져 간다.

여섯째, 제임스(James)

다섯째 동생 제임스가 태어나고 나서 쌍둥이 동생 둘은 서고의 다음 방으로 옮겨가고, 첫째 방은 앤이 사용하게 된다. 원래 앤이 서고의 다음 방으로 갈 차례였지만, 앤의 시력이 아직 정상이 아니었으므로 첫째 방에서 어머니를 가까이서 볼 수 있게 해준다. 쌍둥이에게도 방을 각각 하나씩 주어야 했으므로 그해에는 방을 두 칸 더 들인 것이다.

그렇게 되어 2, 3년 간격으로 방이 다섯 개나 만들어진다. 서고는 존과 에드워드의 방 사이로 옮겨진다. 책을 좋아하는 존과 에드워드에 대한 아버지의 배려다. 회랑의 길이도 40피트나 되어 제법 큰 건물이 되었으나 카운티나 시티에서는 이렇다 할 말이 없다.

오동나무도 다섯 그루가 1열로 심어져 있다. 리차드는 한 칸씩 밀려나서 항상 본채로부터 제일 먼 거리에 있게 된다. 리차드의 방이 하나씩 본채에서 멀어질수록 아버지, 어머니의 품성으로부터 멀어져 간다.

일곱째, 메리(Mary)

메리가 태어나니 이제 일곱 형제자매가 된다. 그해에 리차드는 열여덟 살이 되어 동부에 있는 보스턴 대학 기숙사로 가게 된다. 아버지의 뜻에 따라 의사가 되어야 한다. 리차드는 비즈니스를 전공하고 싶었지만, 아버지의 바람을 거역할 수가 없다. 어머니는 새크라멘토에 있는 U. C. 데이비스에 입학하기를 권한다. 장남을 멀지 않은 곳에 두고 자주 보기를 원한다.

…… 이제 리차드를 놓아주어야 해. 다 큰 아이를 언제까지 품고 있을 것인가. 혼자 헤쳐 나가도록…

아버지와 어머니의 의견이 달라서 리차드의 결정에 맡긴다.

— 어머니, 걱정 마세요. 다시 돌아올 것이니까요.

결국 보스턴으로 가게 되었을 때 리차드는 죠앤 할머니의 무덤을 찾는다.

…… 십여 년이 지난 지금 할머니는 저세상에서 나의 모리화 노래를 들을 수 있을까.

떠나기 전날 밤 아버지와 아들은 서고의 작은 테이블에 마주 앉아 옛이야기를 나눈다.

― 리차드, 그동안 고생이 많았다. 동생들 건사하랴, 농사일 도우랴. 오늘 너에게 조상에 대한 얘기를 해주지 않으면 다시 기회가 올 것 같지를 않구나.

아버지는 못 박힌 딱딱한 손으로 리차드의 손을 잡는다.

― 고향에 계신 형님, 그러니까 너의 숙부께서도 의사셨지.

아버지가 고향 얘기를 할 때면 눈은 빛나고, 그 빛 속에서는 그리움의 이슬이 반짝인다. 아버지의 아버지가 운영하던 철공소는 대약진운동 시기에 몰수되었다고 한다.

― 집단농장마다 설치된 소규모 용광로에 넣기 위해 조상 대대로 물려오던 철기들과 대문에 붙어 있던 문고리까지 떼어졌어. 철의 증산은 달성되고 있었지만, 그것은 쇠붙이를 녹인 쇳덩어리에 불과했지. 질 낮은 철로 만들어진 농기구들은 곧 쓸모없게 되어 다시 용광로로 들어갔어. 그러는 사이에 용광로를 달구기 위한 벌채로 산은 벌거숭이가 되었단다. 비가 조금만 와도 홍수가 나니 농작물의 수확량이 줄어서 기아의 조짐이 사람들을 불안하게 했지. 곡물 증산을 독려하기 위해 모 주석은 막료들을 대동하고 농업현장의 시찰에 나섰어. 그 옛날 진시황의 순행만도 못한 짓이었어. 그는 들판에 서서 참새들이 낟알을 먹는 것을 보고 한마디 했어.

「저 새는 참 나쁜 새다.」

― 순식간에 1억 마리의 참새가 잡혀 죽거나 꽹과리 소리에 놀라 갈 곳을 잃고 땅에 떨어져 죽었어. 참새가 박멸되자 참새의 먹이

였던 메뚜기떼가 들판의 곡식을 먹어 치웠지.

아버지는 깊은 한숨을 내쉬고 말을 이어간다.

— 대기근의 시작이었지. 그로부터 5년 동안에 삼천만 명이 넘는 인민들이 굶어 죽었어. 그때 너의 할아버지와 나의 막냇동생도 아사했어. 장정의 고난 시기에 백성은 하늘이었으나 어느새 그들 지도자만이 하늘이 되어 있었고, 수억의 백성은 바다에서 허우적거리며 아우성을 치게 되었지. 아무도 눈치채지 못한 채 천지가 뒤바뀌었을 때 백성의 바다는 하늘을 닮아서 먹구름처럼 검게 변해 갔어. 하나의 하늘이 수억의 바닷물결을 춤추게 만들고, 하늘이 된 한 사람의 혀가 수억의 백성을 사지로 내몰았던 거지.

아버지는 다시 한번 리차드의 손을 잡는다.

— 리차드야, 너는 이 집의 장남으로서 무슨 일이 있든지 신중하게 처신해야 한다. 세상일은 단순하지가 않아. 하나가 좋아지면 또 다른 하나가 나빠지고… 복잡한 것은 그만큼 더 많은 사유를 필요로 한다. 생각하고 또 생각해야 해. 그리고 받은 만큼 그 이상으로 주어야 한다. 움켜쥐기만 하면 파멸은 순식간에 다가온다.

본채에서 어머니의 잦은 기침 소리가 들린다. 「내일 떠날 아이에게 너무 긴 이야기는 하지 말아요」라고 하는 것 같다.

— 리차드, 아사는 육신의 고통이었지만 그보다 더 무서운 정신적 고통이 태풍처럼 몰려왔어. 광풍이었지. 하늘이 된 자들은 그들의 실정을 덮기 위해 음모를 꾸몄지. 문화혁명이라고 하는 광란을

벌인 거야. 의사인 형은 목에 「나는 나쁜 의사다」라는 명패를 걸고 철없는 아이들에게 끌려다녔어. 그 와중에 어머니, 그러니까 너의 할머니는 화병에 돌아가셨고, 형수님은 실성을 했어. 정신이 바닥 난 거야. 육신의 고통에 더해 정신이 파괴되었지. 미덕은 온데간 데없이 사라지고 증오만 가득 찬 세상이 되었어. 정신의 산물이라 할 문화가 파괴된 거야. 그건 반혁명일 뿐.

리차드는 아버지가 이렇게 오랫동안 말을 하는 것을 처음 본다.

― 그들이 내 서점의 모든 서적을 길바닥에 내던지고 불태웠을 때 네 어머니와 나는 그 어지러운 세상에서 탈출하기로 결심했어. 그 날 밤 우리는 네 어머니에게 영어회화를 가르치던 미국 선교사의 도움으로 상선에 숨어들었던 게야. 너도 네 어머니의 뱃속에서 그 모든 처참한 일들을 겪었을 테지. 리차드, 학비는 어떻게든 만들어 보내마. 생활비는 스스로 벌어서 쓸 수 있을 거야. 형편이 나아지는 대로 보태기는 하겠지만.

어머니가 조심스럽게 문을 열고 들어와서 잠든 메리를 아버지의 무릎에 내려놓고 나서야 아버지는 말을 멈춘다.

…… 어머니는 여덟째 아이를 또 낳으실까.

리차드는 어머니가 나이보다 훨씬 더 늙어 보인다고 생각하면서 끝방으로 돌아간다.

메리의 두 번째 생일이 되기 직전에 리차드는 한 줄짜리 전보를 받는다. 「모든 짐을 챙겨서 속히 귀가 요망」

······ 모든 짐을 챙겨서?

리차드는 교내의 공중전화로 달려가서 전화를 건다. 농장의 오두막집에는 아직 전화가 없었으므로 차이나 가든의 오우 아저씨를 찾는다.

— 오우 아저씨, 저희 집에 무슨 일이 있어요?

— 그래, 리차드. 너의 어머니가 위독하시다.

리차드는 책들과 몇 벌 안 되는 옷가지 등을 룸메이트에게 부탁하고 서둘러 학교를 떠난다. 집에 당도하여 오두막의 작은 방으로 뛰어들어 보니 어머니의 창백한 얼굴에는 이미 생기가 없다.

— 어머니.

리차드는 어머니의 손을 잡는다.

— 리차드, 네가 왔구나. 너를 기다렸어. 동생들을 모두 데리고 오너라.

두 살배기 메리도 무엇을 눈치챘는지 숙연한 모습으로 어머니 머리맡에 서 있다. 어머니의 음성은 잦아들어 주의 깊게 집중하지 않으면 알아듣기 어렵다. 중국말로 이어가면서 간간이 숨을 몰아쉰다.

— 리차드, 잊지 말아라. 동생들을 잘 부탁한다. 모두 대학까지 공부시켜야 한다.

첫 번째로 긴 숨을 한 번 내쉰다.

— 특히 앤을 잘 보살펴라. 앞이 잘 보이질 않으니 늘 네 손이 필요할 거야.

긴 숨을 두 번째로 내쉰다. 숨 속에 열기가 없다.

— 아버지를 도와야 해.

— 여보, 아이들이 보고 싶을 거야. 그리고… 첫 번째 큰 오동나무로 관을 만들어서 저를 거기에 뉘어주세요. 그리고… 여덟째 아이는 없지만 여덟 번째 방을 만들고 그 앞에 오동나무를 심어주세요.

어머니는 세 번째로 차가운 숨을 깊고 길게 내쉰다.

— 리차드야, 그 노래를… 틀어주렴?

    해는 서산에 지고 쌀쌀한 바람 부네
    날리는 오동잎 가을은 깊었네
    (중략)
    모진 바람을 어이 견디리
    지는 해 잡을 수 없으니
    (후략)

리차드는 동생들을 차례로 어머니 손을 잡게 해준다. 어머니는 3일간이나 물 한 모금 삼키지 못하고 버티다가 눈을 감는다. 사산이었고 과다출혈로 인한 사망이라 한다. 어머니의 피는 RH형이어서 수혈을 받지 못했다고 한다. 아이를 일곱이나 낳아시

나오는 길이 잘 열려 있을 것이었는데 어째서 마지막 그 아이는 길을 잃었는지 알 수 없는 노릇이다.
아버지의 탄식이다. 아버지가 이루고자 했던 그리고 어머니도 원했던 여덟 아이는 완성되지 못한다. 아버지는 8(八)자를 좋아하신다. 여덟은 부의 상징이라고 한다. 이제 와서 누구를 원망할 수는 없는 노릇이다. 어머니를 죠앤 할머니의 묘지 옆에 묻고 온 날 리차드의 맹세는 굳어진다.
…… 걱정 마세요, 어머니. 동생들보다 아버지가 더 걱정이네요.
말수가 적은 아버지는 더욱 말이 없다. 리차드는 기숙사로 돌아가지 못하고 결국 집에 눌러앉게 된다. 여섯 동생을 건사하느라 쉴 틈이 없는 터에 아버지의 농사일을 도와야 한다.
…… 어머니, 혼자서 어떻게 이 일을 다 해내셨을까? 길가에서 채소를 파는 일까지.
아버지의 굵은 주름살은 더욱 깊어진다. 걸음걸이가 예전 같지 않다. 무겁다. 10에이커의 오렌지밭은 모두 개간되어 양배추밭으로 변해 있다. 농토의 넓이는 아버지의 나이와 정비례해서 커진다. 멀리 밭 가운데서 농토와 씨름하고 있는 아버지의 근력이 토지에 밀리고 있다.
허리를 펴서 삽을 잡고 먼 하늘을 바라보는 때가 잦다. 리차드의 어깨도 점차 농사꾼의 근육으로 바뀌어간다. 막내는 세 살을 지나 네 살로 접어든다.

…… 동생들을 다 어떻게 하나?

양배추의 수확만으로는 여섯 동생들을 제대로 가르칠 수는 없을 것이다.

― 리차드, 동생들을 잘 키워주렴. 모두 대학엘 보내야…

임종에 어머니가 내뿜던 세 번의 숨소리가 들린다. 존을 대학에 보내는 것만으로도 학기마다 돈 걱정을 하게 된다. 리차드는 시간이 지날수록 자신이 없다.

…… 어머니, 그게 잘 안 될 것 같아요. 아버지도 예전 같지 않으시고, 이제 저도 점점 지쳐가요.

어머니의 1주기 제삿날이 가까워 오는 가을날의 해그림자는 길다. 아이들을 차례로 목욕시킨 후에 새 옷으로 갈아입힌다. 막내 메리에게는 어머니가 살아생전에 손수 지으신 치파오(Qipao)를 입힌다. 아버지와 리차드는 아이들을 모두 트럭의 짐칸에 태우고 어머니의 묘지로 간다.

앤은 아버지의 운전대 옆의 조수석에 앉게 한다. 각막이식 수술 후에 상태는 호전되었지만 아직은 완전치 않다. 글을 읽을 정도의 시력이 아니다. 묘지 앞에는 황금빛의 양귀비꽃 몇 줄기가 피어 있다.

돌아오는 길에 아이들에게 맥도날드 햄버거를 사 먹인다. 맛있게 먹는 모습을 보는 아버지의 얼굴에 웃음기가 환하다. 오랜만에 보는 표정이다. 리차드는 어머니가 그립다.

노란 봉투

농장 입구의 합판으로 만들어진 우편함에 미처 다 넣어지지 않은 커다란 노란색의 서류봉투가 혀를 내밀고 있다. 발신자는 산타쿠르즈 카운티(Santa Cruz County).

— 리차드, 무어라고 써 있느냐?
— 이 일대의 농장과 목장들이 상업지역으로 바뀐다는데요.
— 그게 뭔데?
— 도심으로 개발하고 상가를 지을 수 있게 해준다고 해요. 그리고 3년 후부터는 재산세가 오른다는데요.
— 저네들 마음대로구나. 농사를 지어서 어떻게 토지세를 감당하겠느냐. 나는 그냥 이대로 있었으면 좋겠다.

붉게 그을린 아버지 목덜미의 그늘이 깊고 길어진다.

시 정부는 아버지의 농장과 월 할아버지의 목장을 가로질러 커다란 사거리를 만들고, 4차선 도로를 정비해 놓는다. 마치 아버지에게 상가를 지으라고 재촉하는 것 같다.

세 살배기 막내는 땅을 파헤쳐 지렁이를 잡으며 놀고 있다.

— 오빠, 지렁이는 무얼 먹고 살아?

— 흙을 먹고 살지.

이십여 년 전 리차드가 어머니에게 묻곤 했던 일이 떠오른다.

아버지는 양배추의 초겨울 수확에 여념이 없다. 허리춤에 찬 수건을 빼서 이마의 땀을 닦을 때 외에는 허리를 펴지 않는다. 허리를 펼 때 아버지의 시선은 낙엽이 되어 떨어지는 오동나무 잎에 머문다.

리차드는 양배추를 손수레에 싣고 중고트럭으로 옮긴다. 겨울 양배추는 속이 차지 않아서 애쓴 만큼의 돈이 만들어지지 못한다.

존은 산호세에 있는 산타클라라 로스쿨(Santa Clara Law School)로 진학한 지 2년째다. 학교까지는 한 시간도 안 되는 거리인데 방을 얻어 나가서 따로 지낸다. 존은 방학이 되어 집에 오래 머물 때에도 농사일을 거들지 않는다. 서고에 틀어박혀 책만 읽는다.

— 내버려두어라. 미워하지 말아라. 존은 존의 길이 따로 있는 거야. 리차드, 고생은 너와 나로서 족하다.

— 네, 미워하지 않아요.

리차드는 동생들을 잘 키워야 한다는 생각이 전부다. 리차드는 양배추를 트럭에 가득 실어놓은 후 메리를 가슴에 안고 오두막으로 향한다. 오두막 옆의 빈터에 광이 나는 승용차 한 대가 서 있다. 벤

츠에서 내린 신사는 중절모를 벗고 리차드에게 다가선다.

― 안녕하세요? 이 농장의 주인이시죠?

고급 승용차, 잘 다려진 옷매무새에다 공손한 말투, 친밀함을 표시하는 표정까지 나무랄 데가 없다.

― 아니요, 제가 아니고 아버님이 저기…

― 아, 그러시군요. 아버님을 좀 만나 볼 수 있을까요?

리차드의 마음이 왠지 설렌다. 밭 가운데에서 오동나무를 바라보던 아버지가 오두막을 향하여 걸음을 옮긴다. 티셔츠는 땀에 젖어 얼룩이 져 있고, 바짓가랑이에는 먼지에 섞인 양배추 조각들이 엉겨 붙어 있다. 모자를 벗어 툭툭 털어내며 다가온다.

― 아버님이십니다.

신사는 아버지의 흙 묻은 손을 덥석 잡고 인사한다.

― 처음 뵙겠습니다. 저우 선생님.

― 무슨 일이신가요?

아버지의 영어는 아직도 서툴다.

― 리차드야, 이분이 뭐라고 하는지 통역을 해라. 천천히 더하지도, 빼지도 말고…

― 네, 아버지.

― 어디 조용한 곳에서 말씀 좀 나눌까 해서요.

신사는 벗어든 모자로 앞을 가리며 공손한 태도로 말한다. 아버지는 오두막 앞의 오동나무 아래에 있는 간이용 플라스틱 의자로 신사를 안내한다.
— 누추해서요.
— 리차드, 차를 좀 내오렴.
신사의 공손하고 품위 있는 태도를 보아 무언가 잘못된 일이 있는 것 같지는 않다.
…… 혹시 아이들 방을 철거하라고 하는 것은 아니겠지.
리차드가 차를 내올 때까지 아버지와 신사의 대화는 멎어 있다.
— 이 일대가 상업지구로 변경된 것은 알고 계신지요?
— 네, 지난달에 카운티(County)에서 통지는 받았습니다만.
— 축하드립니다, 저우 선생님.
아버지는 생전에 처음 들어보는 「선생님」이란 말이 낯설다.
— 그냥 저우라고 불러주시면 편하겠군요.
— 저우 선생님, 이제 수고를 더실 때가 됐습니다.
신사는 아버지의 눈치를 살피며 명함 두 장을 꺼내 아버지와 리차드에게 내민다.
— 아버지, 쉘가스(Shell Gas) 회사 영업담당 이사라고 하네요.
아버지에게는 쉘가스는 무엇이고, 영업담당 이사는 무엇인지 쉽게 와닿지 않는다. 신사는 차를 한 모금 마시면서 남쪽과 북쪽 그리고 서쪽에서 동쪽까지 그림책을 넘기듯이 천천히 훑어본다.
아버지는 말이 없다.
— 농사일은 잘 되시는지요?

― 뭐, 그다지 어렵지는 않습니다. 마침 큰아이도 돌아와서 도와주고 있고…

신사는 담배를 꺼내 불을 붙이면서 아버지에게서 말을 끌어 내려 애쓴다. 아버지에게도 담배를 권한다.

― 고향을 떠나올 때 끊었지요.

아버지는 거절하며 그가 속히 속내를 드러내기를 기다린다.

…… 아내가 있었으면 좋을걸. 아내는 사람을 보면 첫눈에 진실한 사람인지, 부정직한 사람인지를 단번에 알아채는데…

아내가 상대하지 말라 하면 섞이지 않는 것이 상책이다. 아내의 직관력은 「조심하세요」, 「좋은 사람 같아요」로 판결된다. 회랑의 서고 앞 복도에서는 동생들 몇이 앤을 중심으로 옹기종기 모여 앉아 신기한 듯 이쪽을 바라보고 있다.

담배 한 대를 다 피우고 나자 신사는 자기는 결혼한 지 십 년이 되었는데도 아직 아이가 없다면서 묻지도 않은 말을 한다. 아버지는 「무슨 일로 오셨느냐?」고 아직도 묻지 않으신다. 리차드는 용건을 묻고 싶었으나 아버지를 따라 기다리기로 한다.

…… 서두르는 자가 지는 게야.

신사는 아버지에게 다복하시다며 친근감을 더하려고 애쓴다.

― 이 농장은 한 10여 에이커쯤 되겠지요?

― 맞습니다. 원래 12에이커가 넘었었는데 사방에 도로가 넓혀지면서 2에이커가량이 잘려 나가고 10에이커가 남았지요.

― 그렇군요. 10에이커, 이 근처에서는 두 번째로 큰 대지입니다.

신사는 토지라던가 농장이란 말 대신 대지라는 용어를 사용한다.

…… 그렇지, 토지와 대지는 다르지.

리차드는 그런 생각을 하며 신사의 입에서 속내가 터져 나오기를 기다린다.

― 저우 선생님, 저희 회사에서 저를 선생님께 보내서 뵙도록 한 이유는…

리차드는 온 신경을 곤두세우고 신사의 말에 귀를 기울인다.

― 저희 회사가 선생님의 대지를 이용하고자 하는 계획에 대해 어떻게 생각하시나 해서…

― 이용이라니요?

아버지의 표정에 약간의 불쾌감이 스쳐 지나간다.

― 구체적으로 말씀을 드리자면, 혹시 이 대지를 매각할 의향은 없으신지 해서…

아버지는 한동안 말이 없다. 스쳐 가던 불쾌감도 사라지고 무념무상의 스님처럼 떨어지는 오동잎을 바라본다. 다시 리차드를 응시하며 차를 한 모금 마시고는 리차드에게 말하듯이 천천히 입을 뗀다.

― 나는 아이가 일곱입니다. 이 농장이 없으면 아이들을 가르칠 수도 없고, 먹여 살릴 수도 없지요. 그리고 무엇보다도 이 토지의 주인이 이 땅을 물려줄 때 30년간은 절대로 팔지 말라고 유언을

했거든.

아버지는 혼잣말처럼 작은 소리로 말한다.

…… 죠앤 할머니의 유언은 말하지 않으셔도 되는데.

그러나 리차드는 빼놓지 않고 통역을 한다. 리차드는 아버지의 말에 끼어들지 않는다.

…… 어머니가 생전에 말씀하셨지. 아버지 말에 끼어들지 말라고.

— 네, 그러시군요.

신사는 깨끗하게 포기한 듯 이 문제에 관해 더 이상 말을 하지 않는다. 여기에서 지금, 아버지의 벽을 넘을 수 없다는 것을 직감한 듯하다. 그는 이 도시의 개발에 관해 이런저런 이야기를 나누고 두 번째 담배를 입으로 가져간다. 가지에 붙어 남아 있는 오동나무 잎에 석양의 붉은 색깔이 물들 때쯤 그는 일어선다.

— 농장을 한 번 둘러봐도 될까요?

— 좋으실 대로…

가스회사의 영업담당 이사가 돌아간 후 저녁 밥상머리에서 리차드는 아버지의 심기를 살핀다.

— 아버지, 농장을 팔고 이제 좀 편안히 사시는 게 낫지 않겠어요?

아버지가 리차드의 눈을 뚫어질 듯 바라본다.

— 안 된다, 리차드. 나는 아직 지치지 않았어. 그리고 네 어머니의 영혼이 용서하지 않을 거다. 또 네 동생들을 어떻게 먹이고 입히며 공부시킬 것이냐?

아버지는 언제나 중언부언하지 않는다.

영어가 짧아서 길게 설명할 수 없는 미국생활에서 터득한 습관 때문만이 아니다. 천성이 말수가 적다. 말을 늘어놓지도 않거니와 한번 내린 결정은 거두어들이는 법이 없다.

…… 오늘은 여기까지야. 더 이상 말을 하면 안 되는 쪽으로 마음이 굳어지실 거야. 시간이 지나면서 더 단단해지는 콘크리트처럼. 언제쯤 이 문제를 다시 꺼내야 할지 기회를 살필 수밖에 없다.

오동나무 잎이 거의 다 떨어져 가지가 앙상한 사이에 새들이 집을 짓는다.

…… 어머니가 살아계신다면 어떻게든 해볼 텐데.

아버지는 그 문제에 관해 어떤 말도 꺼내지 않는다.

겨울 농사가 시작되기 전 다소 한가로운 날 몸집이 큰 한 사내가 리차드에게 접근한다. 쉐브런(Chevron)이라는 가스회사의 무슨 매니저라고 한다.

― 저는 아무것도 결정할 수 없어요. 아버지를 소개해드릴게요. 그런데 이 농장을 전부 팔라는 말씀을 하면 안 될 거예요.

이 거구의 사내는 아버지의 마음을 다 알고 있다는 듯 새로운 제안을 한다. 현실적인 방안이다.

― 저우씨, 이 농장을 전부 매각하시라는 게 아닙니다. 저쪽 사거리의 북동쪽 모서리 땅 1/2에이커만 정리하시면 편히 사실 수가 있을 것 같기에…

쉐브런의 매니지는 노른자위를 원한다.

— 아시다시피 주유소는 2면 이상이 도로에 면해 있어야만 영업을 할 수 있거든요. 가격은 원하시는 대로 해드리겠습니다.

아버지는 머릿속으로 되뇌인다.

…… 원하는 대로라? 말은 원하는 대로라고 하지만 이자는 나름대로 정한 가격을 갖고 있을 것이다.

— 막연한 말씀이지요. 원하는 대로라는 것은…

그는 SQ피트당 300불을 제시한다. 1/2에이커면 50만 불이 넘는 거액이다. 「아버지, 그렇게 하세요」라고 리차드는 말하고 싶지만, 소리가 되어 나오지 않는다.

…… 저녁에 말씀드리자.

— 생각해보지요.

아버지는 확답하지 않는다. 생각해보겠다는 아버지의 대답 속에 긍정의 싹이 나고 있다. 큰 진전이다. 동생들의 잠자리를 돌아본 후 리차드는 아버지의 오두막집으로 건너간다.

…… 어머니가 계신다면 어떻게든 해볼 수가 있을 텐데.

리차드는 무거운 마음으로 아버지의 작은 방문을 열고 들어선다.

— 아버지, 생각 좀 해보셨어요?

— 너의 생각은 어떠하냐?

— 아버지, 농장의 수확만으로는 동생들 공부시키기가 너무 어려워요. 존의 학비 대는 것만으로도 힘에 부치고요. 또 내년에는 앤

을 진학시켜야 하는데, 그리고 무엇보다 내후년부터는 재산세 부담도 커지고요.
— 그래, 그렇기는 하지.
— 농장을 전부 매각하는 것도 아니고요. 1/2에이커면 20분의 1도 안 되니까요.
— 그래, 1/2에이커면 대강 얼마나 되느냐, 돈이?
— 대강 50만 불이 넘을 것 같아요. 자금이 생기면 사업을 하실 수도 있고.
— 사업? 무슨 사업을 할 수 있다는 게냐? 농사보다 더 안전한 사업이 무엇 있겠느냐? 땅은 절대로 사람을 속이지 않아. 또 세월이 흘러가노 없어지는 것이 아니니.
— 돈이 없어서 동생들 대학을 못 보내면 어머니가 속상해하실 것이고.
…… 이 말이 아버지를 움직이게 할 것이다.
— 그리고 재산세를 못 내면 토지를 차압당하게 될지도 몰라요.
…… 이 말이 아버지를 자극하게 될 것이다.
시계의 짤각거리는 소리가 아버지의 침묵을 더욱 길게 느끼게 한다. 아버지는 무슨 대책을 갖고 있는 것이 아니다. 그저 「아내가 있으면 좋을걸」하면서 무엇도 결정할 수 없는 자신이 답답할 뿐이다.
…… 이 아이는 농사를 계속 지을 수가 없을 거야. 나도 늙어갈 테

고.
— 그런데 우리가 무슨 사업을 할 수 있겠느냐?
— 임대사업을 하면 골치 아픈 일은 별로 없을 거예요. 아버지도 편하시고요.
— 건물을 무슨 돈으로 짓겠느냐? 한두 푼이 들어가는 것도 아닐 테고.
— 한꺼번에 큰 건물을 짓는 게 아니고 자금이 생길 때마다 늘려나가면 돼요. 아버지, 아버지가 저희들의 방을 하나씩 지어주신 것처럼요.
— 내일까지 더 생각해보자. 그래, 날이 밝는 대로 윌 아저씨를 찾아가 의논해보기로 하자, 리차드야.
아버지는 거친 손으로 리차드의 등을 쓸어준다. 모처럼 느껴지는 아버지의 손길에서 지치고 힘들어하는 초로의 피로가 전해져 온다.
…… 아버지는 고단한 몸으로 잠자리에 들어서도 잠을 이루지 못하실 거야. 임종 직전의 어머니의 눈동자와 일곱 아이들의 장래를 생각하시겠지. 「아이들은 모두 대학까지 공부시켜 주세요」라고 하시던 어머니의 꺼져가는 목소리를 기억하시면서.
동생들이 회랑을 뛰어다니는 소리에 잠에서 깬다. 아버지는 벌써 양배추 몇 포기를 자루에 담아 중고트럭에 싣고 있다.
— 리차드, 윌 할아버지에게 주유소 건을 의논드려 보자.

목장으로 들어서자 소들이 길을 내어주듯이 양편으로 물러선다. 소들은 꼬리를 날려 등에 붙은 쇠파리들을 쳐내고 있다.

— 저우, 이제는 농사를 짓거나 소를 키우며 살 때는 지났네. 소똥 냄새도 이젠 끝낼 때가 됐어.

윌 할아버지는 커다란 청사진을 식탁에 펴놓고 아버지에게 설명한다.

— 소들은 다음달에 베이커스 필드(Bakers Field)에 있는 목장으로 보내질걸세. 한몫에 인계하기로 했지. 죠앤이 빌려준 초지 3에이커는 이제 자네에게 돌려주겠네. 반은 공원용으로 시티에 기증하고, 나머지 반은 자네의 소유가 되는 거지. 자네의 대지 앞길 건너에 공원이 생기니 얼마나 좋은가. 「죠앤공원」 자네 토지의 가치는 더 올라가는 거네.

윌 할아버지는 미리 준비한 각본의 대사를 외우는 것처럼 거침이 없다. 청사진에 그려진 건물의 배치도를 짚어가며 설명하는 윌 할아버지의 손은 예전보다 더 떨리는 것 같다.

— 남쪽의 이 긴 건물은 시어즈(Sears)가 들어설 것이고, 동쪽의 사각진 건물은 타겟(Target) 그리고 중심부의 건물은 메이시(Macy)를 중심으로 한 몰(Mall)이 들어설 거네.

아버지는 경의로운 눈으로 윌 할아버지의 손등을 내려다본다.

— 자잘한 점포를 수십 개 관리하는 것보다 대기업 몇 개를 상대하는 게 훨씬 쉬울 것 같아. 계약만 제대로 한다면… 앤더슨 변호사

가 도와주고 있으니 별일은 없겠지만.

꿈같은 이야기라서 리차드가 한마디 거든다.

― 건축비는 다 어떻게 하시고요?

― 얘야, 리차드. 사업은 자기 돈으로만 하는 게 아니란다. 건축비는 입주업체들이 알아서 할 일이고, 나는 30년 후에 그 건물들의 소유권을 무상으로 인계받기로 하는 것이거든. 물론 당장에도 일정액의 렌트비(Rent)는 받을 것이지만, 그것도 매년 물가 인상분만큼 증액하기로 했으니 손해 보는 장사는 아니지.

…… 윌 할아버지는 30년 후에도 살아계실까?

리차드는 묻지 않는다.

― 내 방법만이 제일 좋다고는 말하지 않겠네. 누구나 자기만의 사정에 따라 방법을 달리할 수도 있으니까. 내가 그때까지 살아있을 거란 보장도 없지. 그래서 더욱 단기간에 해결할 수 있는 방법을 찾은 거야. 저우, 자네는 자식들이 많으니까 서두를 것 없네.

아버지는 어떤 말도 떠오르지 않아서 굳게 입을 다물고 있다.

― 소를 모두 판 돈으로는 앱토스(Aptos) 언덕에 집을 한 채 장만하려고 하네. 집사람이 바다가 내려다보이는 곳이 좋다고 해서 양아들과 며느리하고 함께 살면서 손자나 돌보며 노년을 지내고 싶네. 일을 너무 많이 하면서 살았어. 저우, 이제 농사는 접게. 그리고 주유소를 하겠다는 땅은 속히 매각하는 게 좋을걸세. 기회가 자주 찾아오는 건 아닐 테니.

돌아오는 길에 아버지는 딱 한마디를 울음 토하듯이 저음으로 말한다.
― 리차드야, 처음 찾아왔던 그 신사에게 다시 만나자고 전해라.
올해에도 겨울 양배추는 단단히 여물지 않았고, 가벼운 만큼 가격도 나가지 않았지만 아버지는 양배추를 수확한다. 아버지가 양배추를 싣고 각지의 도매상에 배달을 나간 사이에 리차드는 쉘가스 회사의 임원을 만나 주의사항을 말해준다.
― 대지 전체를 팔라고 하시면 안 됩니다. 지난주에 쉐브런 가스의 매니저가 찾아왔었습니다. 아버님이 제임스(James)씨에게 호감을 갖고 계신 듯하니 다행입니다.
― 캐피톨라 로드와 41번가의 교차로 모서리 땅 1/2에이커 정도는 매각할 뜻이 있으신 것 같아요. 저쪽 동북쪽 모서리…
신사는 진정 어린 태도로 감사의 뜻을 말하고 리차드의 손을 잡는다.
― 걱정하지 마세요, 리차드씨. 협상은 언제나 양쪽이 모두 만족스러워야 성사가 되는 것이니까요.
신사를 대하는 아버지의 태도는 신중하고 근엄하다. 리차드가 내온 찻잔을 천천히 입으로 가져가며,
― 거두절미하고 사실대로 말씀드리지요. 지난주에 쉐브런 가스의 매니저가 날 찾아왔었소. 그는 사거리에 면한 동북쪽의 모서리 땅 1/2에이커만을 원했어요. 내가 이 토지 전체를 팔지 않겠다는

것을 어찌 알았는지.

쉘가스 영업담당 이사인 제임스의 눈이 살짝 빛난다.

…… 아버지는 왜 이렇게 패를 다 보여주시는 건까?

— 네, 저희도 사실 필요한 것은 그 정도라고 할 수 있습니다.

제임스가 아버지의 눈치를 살피며 조심스럽게 접근한다.

— 그러하시다면, 길게 말하지는 않겠소이다. 그 회사는 나에게 1 스퀘어 피트(Squre Feet)에 300불을 주겠다고 합니다. 그래서 결론부터 말하리다.

리차드의 침이 꼴깍 넘어간다.

— 3할(30%)을 더 준다면 당신의 회사에 매각하겠소.

의외로 제임스의 표정은 담담하다. 그의 주머니에서 나오는 돈도 아닐 것이니 그가 걱정할 일을 아닐 것이다. 그는 노련하다. 흥정을 해봐야 질 것을 알고 있다.

— 당연한 제안이십니다. 그토록 아끼시던 땅이니… 본사와 의논한 후 조만간 다시 찾아뵙겠습니다.

제임스가 돌아간 후, 아버지는 혼잣말처럼 말한다.

— 어차피 살 사람은 사게 돼 있어.

3일 후 매매계약이 이루어지는데 아버지는 모든 과정을 리차드에게 맡긴다. 기숙사로 간 존을 제외한 다섯 동생들이 각기의 방으로 다 흩어져 들어간 저녁마다 리차드는 아버지의 방으로 간다. 아버지는 밝은 표정을 짓다가도 경계선에 측량 말뚝이 박히는 날은 다소 우울해지기도 한다.

— 아버지, 아무 걱정 마세요. 그 돈이면 웬만한 크기의 상가는 지을 수 있다고 해요. 만약 조금 모자라면 은행에서 빌리면 되구요. 이 동네의 지주들에게는 다른 조건 없이 건축자금을 대출해준다고 합니다.

리차드는 순간 괜한 말을 했다고 후회한다. 아니나 다를까 아버지는,

— 돈은 빌리지 마라. 있는 만큼, 할 수 있는 만큼만 지으면 되는 거야. 고향에서 네 엄마와 나는 조그만 가게 하나를 사려고 빚을 냈다가 낭패를 본 적이 있어. 네 엄마가 말렸을 때 들었어야 했던 건데. 아무튼 작은 이자라도 언젠가는 원금보다 더 커지게 마련인 게야. 네 엄마가 살아있었어도 역시 반대할 거야. 리차드, 사업은 성공할 수도 있지만 실패할 수도 있어. 성공할 경우만 생각하지 말고 실패했을 때를 생각해야 해. 리차드, 앞으로 살아가면서 빚을 내서 무얼 할 생각은 하지 말거라. 그걸 감당하기 위해 더 일을 해야 하고, 더 크게 벌려야 하고, 참 한도 없고 끝도 없는 얘기지.

이럴 때 리차드는 더 말할 수가 없다. 설명을 해서도 안 된다. 아버지를 납득시키려 할수록 아버지는 더욱 완고해질 것이다. 어머니라면 몰라도…

…… 어머니, 이제 어떻게 하면 좋을까요?

밤새 뒤척이던 리차드의 뇌리에 부족한 건축자금을 해결할 한 방

책이 스쳐 지나간다.

…… 그래, 오늘은 이만 자기로 하자. 내일 일은 내일 해결할 수 있을 거야.

다음날 동생들을 학교에 보내고 나서 막내를 돌봐줄 아주머니를 기다리는 동안 리차드는 조바심을 낸다.

…… 그래, 은행과 접촉해보자. 읍내에 있는 로컬은행과…

「북서쪽 삼거리에 면한 모서리 땅!」 은행가들은 친절이 몸에 밴 사람들이다. 남의 돈과 재산을 이용해서 돈을 버는 사람들은 하나같이 깔끔하고 겸손하다. 비즈니스 컨설팅 담당자는 리차드를 방으로 안내한다.

— 저희의 토지는 이 일대에서 제일 좋은 위치에 있습니다.

— 네, 그렇군요. 리차드씨.

— 북동쪽 사거리 모서리 땅은 이미 쉘가스의 주유소가 들어서기로 했고요. 우리는 우리의 토지에 규모 있는 쇼핑센터를 지을 계획입니다. 그런데 자금이 일부 부족할 것 같습니다.

— 대출은 어렵지 않게 성사될 수 있을 겁니다.

— 그런데 그게 아니고요. 아버님은 빚을 내는 것에는 강력 반대하고 계십니다. 아버님의 뜻을 따르지 않을 도리는 없죠.

— 사업자금은 대출을 이용하시는 게 나중에 세금(TAX) 혜택도 받을 수 있고, 여러 가지로 유리합니다.

— 대출을 부탁드리려는 게 아니고…

순간 비즈니스 담당자는 어리둥절한 표정으로 알사탕을 하나 까서 입에 넣는다. 그때 젊은 여성 하나가 커피잔을 들고 와서 테이블에 내려놓는다. 찻잔이 흔들린 탓에 넘친 커피가 테이블에 흐른다.

— 이런 죄송합니다.

— 아니, 뭐…

훗날 리차드의 아내가 될 미셸이다. 한바탕 작은 소동이 끝난 후 리차드는 힘주어 말한다.

— 장래에 캐피톨라에도 로컬(Local) 은행이 하나 더 들어서야 되지 않을까요?

— 뱅크 오브 아메리카(Bank of America)는 이미 들어섰고, 그 맞은편에는 웰스파고 은행(Wells Fargo Bank)이 지어진다는 소문이 있던데요.

— 필요한 때가 오겠죠.

— 필요한 때가 되면 캐피톨라의 개발지역 요지는 이미 다른 은행의 지점들이 다 차지하고 있을 겁니다.

— 무슨 말씀을 하시려고…

그때 커피를 쏟은 그 여성이 물수건을 갖고 들어와 테이블 위의 커피 자국을 닦아낸다. 여성이 움직일 때마다 풍기는 향수 냄새가 실내의 탁한 공기와 섞여진다.

…… 이 여자는 왜 하필 중요한 얘기를 하려고 하면 이리도 수선

스러운가.

— 때를 맞추지 못하면 불필요한 일이 되고 말지요.

— 무슨 말씀이신지?

— 네, 지금 당장 필요하지 않더라도 은행 지점용으로 확보해 놓으면 어떠실지? 삼거리의 모서리 땅이기 때문에 두 면이 도로에 열려 있어서 주차하기도 용이할 것이고요.

— 사려 깊은 말씀입니다만, 제가 답을 드릴 입장은 아닙니다. 지점장님께 말씀드리고 본사에도 보고를 하겠습니다.

…… 너희들은 이렇게 소극적으로 하니까 더 크질 못하는 거야.

리차드는 해서는 안 될 말이어서 하지 않는다.

— 시한은 일주일을 드리겠습니다. 가급적 빨리 가부를 알려주십시오. 가격은 쉘가스와 같은 스퀘어피트당 390불입니다. 불가하시다면 저는 다른 은행을 접촉해보겠습니다.

마지막 말은 하지 말 것을 그랬다고 돌아서면서 후회한다.

…… 결정할 수 없는 사람을 궁지에 몰아넣을 필요는 없는 거야. 아버지가 말씀하셨지. 서두르는 자가 패하기 마련이라고.

리차드는 오늘의 일을 아버지에게 상세하게 말하지 않는다. 다만 은행에 가서 장기 저리대출이 가능한지 알아보았다고만 말한다.

— 그렇게 될 리가 있겠느냐?

그것이 아버지 대답의 전부다. 북동쪽과 북서쪽의 모서리 땅을 쉘가스와 로컬은행에 매각한 자금이 아버지를 안심하게 한다.

― 아버지, 우선 2만 스퀘어피트 정도의 건물을 지을 수가 있겠어요. 물론 빚은 하나도 없고요.

― 여유자금이 있어야 한다, 리차드. 일을 벌이다 보면 예상치 못한 일이 생기기 마련이니까.

― 네, 매각한 돈에서 일부는 남겨두겠어요. 동생들 학비에도 써야 되고, 재산세도 내야 하니까요. 집도 한 채 사야겠고요.

― 집은 아직 아니다, 리차드. 나는 아직 이곳을 떠날 생각이 없어. 그런데 어느 위치에다 얼마만 한 규모로 지을 수 있겠느냐?

― 위치는 아버지가 정해주시면 되겠고요. 건물의 크기는 자금에 맞추어야겠지요. 아까 말씀드린 대로 2만 SQ피트 정도를 생각하고 있는데 우선 건축설계 회사와 의논해봐야겠어요. 설계를 어떻게 하느냐에 따라 건축비가 달라질 테니까요. 무엇보다 중요한 것은 입주업체가 필요로 하는 최소 면적이겠지요. 업종에 따라 소요되는 적정 면적이 있을 테니까요.

― 어떤 회사를 입주시킬 생각이냐? 대기업들은 이미 윌 아저씨네 쪽으로 몰려갔으니 잘 된 일이고…

― 네, 중소기업을 찾아야겠지요. 아버지, 이곳에서 한 시간 거리 내에 있는 왓슨빌(Watson Ville)이나 살리나스(Salinas)에는 농지가 많고, 또 상업지역으로 바뀐 이곳 41번가와 캐피톨라에는 건축 붐이 있을 것인데요. 그래서 농기구를 포함한 건축자재를 취급하는 오차드 서플라이 하드웨어(Orchard Supply Hardware)를 접촉

해보는 게 어떨까요?

― 그거 좋은 생각이로구나.

…… 농기구를 취급하는 회사라서 호감이 가신 것인가.

아버지는 리차드가 생각이 깊은 아이로 자란 것이 믿음직스럽다.

…… 욕심이 깊은 사려를 가로막지만 않는다면 이제 모든 걸 리차드에게 맡겨도 될 것 같아. 내가 살아생전에 욕심을 버리는 법을 가르칠 수 있다면…

― 위치는 캐피톨라 로드에 면한 북쪽 땅으로 잡거라. 배치도가 나오면 우선 나에게 보여다오. 우리 집이 있는 남쪽 땅은 건드리지 말고. 네 엄마의 영혼이 길을 잃을지도 몰라.

리차드의 머릿속에는 이미 10에이커의 전 토지에 상가건물을 지을 순서가 그려져 있다. 이 단계에서 아버지에게 그것을 말할 수는 없다. 그럴 용기가 나지 않는다. 아버지에게는 큰 충격이 될지도 모르므로.

― 네, 집은 보존해야지요.

「언젠가는 새집으로 이사를 하셔야 하는데」라고 말하지 못한다. 머릿속이 복잡하지만, 나중 일은 나중에 생각하기로 한다.

리차드는 「캐피톨라 쇼핑센터 건립 추진위원장」이라는 명함을 들고 오차드사를 찾아간다. 물론 격식을 갖춘 위원회 같은 것은 없다. 아버지와 리차드 그리고 첫째 동생 존이 멤버라면 멤버다. 존은 아직 법대에 재학 중인 데다가 집안일에는 통 관심이 없다.

— 형이 알아서 해.

— 존, 그래도 알아두는 게 좋아. 이 세상에 필요 없는 것은 없어.

그렇게 말해주었지만 관심을 보이지 않는다. 지적도를 펴놓고 리차드는 오두막과 동생들의 방이 줄지어 있는 남쪽 땅의 구획은 빨간색 매직펜으로 엑스자를 그려 넣는다. 전 토지의 네 방향은 모두 도로에 면해 있으므로 어느 위치에 건물을 짓던 차량의 접근성은 용이하다.

— 저희 회사가 취급하는 상품을 전시 판매하기 위해서는 창고를 포함해서 최소한 이만오천 스퀘어피트가 필요합니다. 또한 그만한 주차장도 필요하구요.

— 1에이커 이상은 할애하기 어렵습니다. 창고가 굳이 본 건물과 합쳐져 있을 필요는 없지 않을까요? 남서쪽에 반도처럼 튀어나온 토지가 1/2에이커 있는데요. 거기에다 창고를 지으면 될 것입니다.

— 그럴 수도 있겠습니다. 창고에는 목재를 비롯한 건축자재와 건초 등 화재에 민감한 품목들이 보관되니까요. 자세한 것은 고위층에 보고한 후 다시 말씀드리겠습니다. 리차드 위원장님.

결과는 긍정적이다. 그들이 다시 만나자고 한 날로부터 한 달 동안 리차드는 초조했지만 서두르지 않고 기다린다. 정확히 삼십 일째 되는 날 리차드는 오차드사의 연락을 받는다. 이번에는 회사 측에서 배치도와 평면도를 준비하여 리치드 앞에 펼쳐 놓는다.

건물은 가로 150피트, 세로 150피트의 정사각형이다. 창고는 반도처럼 생긴 토지에 가로 100피트, 세로 50피트로 길게 그려져 있다.

— 저의 부친과 상의한 후 확정해드리겠습니다.

— 건축비는 저희 회사가 부담할 것입니다. 단 20년 동안 무상으로 사용한 후 양도해드리겠습니다.

— 아닙니다, 그럴 필요가 없습니다. 아버님이 그런 방식을 원하지도 않고요.

담당자의 얼굴에 놀란 기색이 역력하다.

— 건축자금은 준비되어 있습니다. 설계도만 준비해주시면 저희가 짓겠습니다.

모든 주도권은 항상 토지 소유주에게 있게 마련이다. 아버지는 리차드보다 더 평면도에 대한 이해가 넓다.

— 리차드야, 건물의 규모는 그렇다 치고 가로, 세로의 길이는 100피트에 200피트로 장방형이 되어야 한다. 100피트 쪽 정면으로 출입문을 내고, 200피트 쪽 양측면으로는 창문을 내지 말거라. 그래야만 양날개 방면으로 증축을 하여 소규모 점포 열 개씩이 들어설 수 있으니까. 그리고 캐피톨라 로드 쪽과 남측으로 증축과 주차장을 예상한 거리를 두어라. 최소한 200피트 이상의 여유를 두고…

아버지는 증축에 대해 이미 생각해두신 게 있는 듯하다.

— 본 건물의 지붕처마 끝은 20피트 이상이 되도록 해야 한다. 그래야만 증축 시 물매를 이어받아서 증축된 건물의 끝이 최소한 8

피트는 나올 테니까. 주차장도 반으로 줄이고…

─ 주차장은 법적인 규정이 있다는데요.

─ 그러면 법적인 면적만큼만.

리차드는 무슨 말인지 잘 이해가 되지 않아서 꼼꼼히 메모를 한다.

─ 리차드야, 잘 못 알아듣겠거든 다음에 설계가를 데리고 오너라.

─ 아버지, 오차드와의 다음 회의 때 함께 가시면 어떨까요?

아버지의 뜻을 살리려면 이게 상책이다.

─ 그렇게 하자꾸나.

3차 회의에는 보다 많은 인원이 참석한다. 오차드사의 부사장과 담당직원, 그리고 건축 설계회사의 대표와 디자이너, 아버지와 리차드. 가로 150피트, 세로 150피트의 정사각형 평면도를 펴놓고 디자이너가 설명한다.

─ 어떻게 생각하십니까? 저우 선생님.

아버지는 천천히 입을 뗀다.

─ 제가 깊이 아는 것은 없으나 두세 가지만 요청드리겠습니다.

디자이너가 가죽가방에서 트레이싱 용지와 4B연필을 꺼내 스케치한다.

─ 첫째는 건물의 가로세로 길이를 100피트와 200피트를 해주시고요. 지붕의 물매 끝의 높이를 최소 20피트로 해주십시오. 주차장은 법적 요건만 맞추도록 최소한으로 해주시고, 처마 끝의 높이가 12피트면 너무 낮습니다.

아버지는 어젯밤 리차드에게 설명한 내용을 반복한다. 리차드가 건축용어를 몰라서 더러 통역을 잘 못했으나 그들은 아버지의 뜻을 알아듣는다.

― 저우 선생님, 무슨 그럴만한 이유라도 있습니까?

― 네, 저희는 남쪽과 북쪽의 양날개에 덧대어서 각각 40피트 정도를 벌려서 증축할 생각입니다. 그렇게 되면 소규모 점포가 한 날개에 열 개씩은 들어설 수 있습니다. 점포가 많이 생기면 귀사에도 도움이 되겠지요. 사람들 왕래가 많아지니…

― 네, 저우 선생님의 뜻은 잘 알겠습니다만, 건물이 높아지면 건축비가 20퍼센트 정도 더 들어가게 될 것입니다만. 그리고 장방형으로 지으면 한 방향의 길이가 너무 길어서 상품을 배치하기도 어렵겠고요.

설계회사 대표가 오차드사의 부사장 눈치를 살핀다.

과묵한 부사장이 입을 연다.

― 길이가 한쪽으로만 너무 길면 고객의 동선 또한 길어져서 불편하겠지요. 120피트와 160피트로 해주시면 어떨지요?

그것은 아버지가 양보한다.

― 건축비는 걱정하지 마십시오. 증축 시 기존 벽면을 이용하게 되니 그때는 그만큼 절약될 것이니.

모든 것은 아버지의 뜻대로 결정된다. 랜 로드(Land Lord)는 그야말로 왕이다. 건축비는 걱정하지 말라 하니 오차드 측에서도 이론을 달 수가 없다. 건물의 길이가 입구로부터 좀 길게 된 것이 꺼림 칙하기는 하지만.

그들 모두는 건축에 관한 한 아버지의 식견이 만만치 않다고 생각한다. 일어서면서 오차드사의 부사장과 악수하면서 아버지는 쐐기를 박는다.

— 건축설계와 허가 기간 그리고 착공 가능 예정일과 귀사의 영업개시 희망일을 알려주십시오. 창고는 설계대로 지어드리겠습니다.

아버지는 남쪽에 있는 기다란 양배추밭의 고랑에서 비료를 뿌리고 있다. 사거리의 주유소는 이미 완공되어 수많은 차량이 드나들고 있고, 서북쪽 모서리의 로컬은행은 뼈대가 세워지고 있다. 오차드사가 들어설 자리는 터닦기가 한창이다. 아버지는 가끔 허리를 펴고 한참 동안 그 광경을 바라보며 가는 한숨을 내쉰다.

…… 아내가 살아있었다면 무어라고 할지. 리차드 말에 따르면 농사는 그만 지어도 된다고 하는데, 그래도 되는 건지?

리차드는 아예 농사일엔 손을 놓고 건축현장을 돌아보기도 하고, 은행을 드나들기도 하면서 무언가 일을 벌리고 있는 것 같다.

…… 그래, 이제는 모든 걸 리차드에게 맡길 수밖에. 그런데 저 아이는 모든 게 너무 급한 게 문제지. 적당한 욕심은 필요하기도 하겠지만, 내가 너무 고생을 시켰어.

아버지는 속마음을 드러내지 않는다.

…… 이제 막내가 막 네 살이 지났으나 마지막 심은 오동나무는 아직 나무의 모습도 갖추질 못했구나…

…… 시대가 변했어. 너무 일찍 빠르게.

윌 아저씨네 쪽을 건너다 보니 거기에는 엄청난 규모의 건물들이 들어서 마치 천지개벽을 한 것 같다. 이 일대에서 제일 큰 쇼핑몰이 들어선다고 하는데, 윌 아저씨는 벌써 앱토스로 이사를 하여 소식이 뜸하다.

아버지는 오늘 따라 일이 손에 잡히지 않는 것 같다. 농장의 여기저기가 잘려 나가는 것이 마치 육신의 일부가 떨어져 나가는 기분이 든다.

…… 저 녀석은 무엇이 저리 신이 나는지.

삽을 땅에 박은 채 상념에 잠겨 있는 아버지를 향해 부부로 보이는 젊은이 한 쌍이 다가간다. 캐딜락을 41번가 도로에 주차한 후에 그들은 흙길을 따라 걷는다.

…… 저들이 아버지에게 충격을 주기 전에 이번에는 거절해야지.

리차드는 급히 아버지가 서 있는 곳으로 향한다.

— 무슨 일로 오셨는지?

— 저는 목사입니다. 교회 지을 터를 찾고 있습니다.

리차드가 가로막는다.

— 이곳에는 지금 쇼핑센터를 건립 중입니다. 종교시설이 들어설

자리는 없습니다. 허가가 나지도 않을 거구요.

— 젊은 목사가 무슨 돈이 있겠느냐. 연보 돈을 모아서 할부로 하자고나 하겠지.

아버지가 중국말로 말할 때 리차드는 저들이 알아들으면 어쩌나 하고 그들의 표정을 살핀다. 다행히 젊은 부부는 웃으며 돌아선다.

석양빛이 하얀 양배추 위로 떨어져 분홍의 들판으로 변한다. 그들을 쫓아 보내듯 하고 나서 리차드는 8피트의 작은 방에 들자 깊은 잠에 빠진다. 어머니가 미소지으며 오신다. 꿈이다.

— 리차드, 동생들을 모두 대학까지 보내야 한다.

…… 걱정 마세요, 어머니. 무슨 수를 써서라도 그렇게 할게요.

오차드 써플라이의 개장식 날 많은 사람들이 모여든다. 시장과 시청 직원들, 건설회사 사장과 공사 감독관, 그리고 오차드 써플라이의 사장 이하 근무할 직원들, 그리고 아버지와 리차드. 그 자리에는 로컬은행의 리버스트릿 지점장과 대출담당 매니저도 초청된다. 리차드는 개인적인 친분이 있는 사람은 아무도 초청하지 않는다.

첫째 동생 존은 집에 왔으나 개장식에 나타나지 않는다. 존은 집안일에 관심이 없다. 서고에 틀어박혀 책을 읽을 뿐이다. 아버지는 다음 블록에 있는 차이나 가든의 주방장인 고향 친구 오우(Ow) 아저씨만을 초대한다. 아버지는 오우 아저씨를 오 시빙이라고 부른다. 왈 할아버지 내외도 보인다. 개장식이 끝나고 아버지와 리차드는 오두막으로 향한다.

— 수고가 많았다, 리차드.

그때 등 뒤에서 오 서방 아저씨와 미셀이 다가온다.

— 축하하네, 저우.

— 축하드립니다, 리차드 위원장님. 자금이 필요하시면 언제든지 연락 주세요. 도와드리겠어요. 좋은 금융상품이 많이 있답니다.

은행이란 늘 그렇다. 돈이 있는 사람에게는 돈을 빌려가라 하고, 돈이 없어서 정작 돈이 필요한 사람에게는 빌려주지 않는다.

— 돈장사라는 게 원래 그렇다, 리차드. 돈 없는 사람에게 빌려주면 떼일 수가 있으니 빌려준다 하더라도 이자를 비싸게 받지. 돈이 있는 사람은 자기 돈을 쌓아놓고도 일부러 대출을 받는다고 하더구나. 세금을 적게 내려고.

아버지는 오 서방 아저씨에게 들은 이야기를 리차드에게 그대로 전해준 적이 있다.

— 무슨 말이냐? 리차드, 저 아가씨가 하는 말은… 돈은 왜 빌려주겠다는 것이냐?

빌린다는 말만 들어도 아버지는 예민한 반응을 보인다.

— 은행 돈을 좀 빌려 써야 우리가 받는 집세에 대한 소득세를 줄일 수 있다고 합니다.

— 그것은 그때 가서 셈해볼 일이야. 남의 돈을 빌려서 무엇을 할

생각일랑 말거라. 이자라는 건 무서운 것이니.

미셸은 나이 든 이들의 사고방식을 이해한다는 듯 웃으며 돌아서고, 아버지는 오 서방 아저씨와 함께 오두막으로 들어가 식탁에 마주 앉는다.

— 리차드, 참으로 대단하구나.

오 서방 아저씨가 분위기를 바꾼다.

— 저우, 그런데 어찌 그렇게 안색이 좋지 않나?

— 농지가 여기저기 잘려 나가는 것이 왠지 불안하네.

— 농지가 줄어드는 것이 자네가 편히 사는 길이네. 나를 좀 보게나, 저우. 이 나이에 아직도 주방일이라니? 세 아이를 건사하기도 벅차네.

그리고 한동안 아무도 말을 하지 않는다. 침묵 끝에 오 서방 아저씨가 머뭇거리며 입을 연다.

— 저우, 자네가 날 좀 도와줄 수 있을까? 식당이라도 하나 차렸으면 좋겠네마는… 우리 고향 음식.

리차드는 몸이 굳어진다. 그리고 머릿속을 스쳐 가는 어떤 불안이 가슴을 두근거리게 한다.

…… 아버지의 행운은 이제 나뉠 수밖에 없구나.

그때 아버지가 리차드의 머릿속을 들여다보듯 여느 때보다 큰소리로 말한다.

— 리차드, 이리 와서 앉거라. 오우 아저씨를 도와드릴 방법이 있

겠느냐? 오차드 건물의 한 모서리에 작은 식당 자리를 하나 내드리 수는 없겠느냐?

리차드는 난감하다.

― 그것은 계약 위반이라 불가능합니다.

― 그래도 한 번 부탁해보면 어떨지?

아버지는 또다시 옛이야기를 꺼내며 리차드를 설득하려 한다.

― 리차드, 우리가 이렇게 된 것도 다 오우 아저씨 덕이 아니겠느냐? 아저씨가 차이나 가든의 단골손님인 죠앤 할머니를 소개하여 오렌지 농장을 개간하게 된 것이고, 또 죠앤 할머니 집을 관리해주게 되었으니… 비록 놀고 있던 땅이라 하더라도.

죠앤 할머니에 관한 말이 나오자 오 서방 아저씨가 한마디 거든다.

― 저우, 나의 공은 없네. 다 자네의 성실함이 갖다준 선물인 게야. 그 많은 오렌지 나무를 뿌리째 뽑아내고 밭으로 만들기가 어디 그리 쉬운 일인가? 변변한 장비도 없이… 캐피톨라 씨티의 많은 사람들은 자네가 중도에 그만둘 것이라 생각했지. 그러나 자네는 해냈네. 죠앤도 자네의 끈기를 높이 평가한 거야. 그분은 생각이 깊은 분이셨지. 음식을 시킬 때면 언제나 「NO, MSG!」라고 주방을 향해 소리치셨네. 지금도 그게 눈에 선하네.

― 달리 방법이 없을 때는 끈기만 남게 되나 보네. 그걸 끈기라 해야 할지… 살기 위해 달리 방법이 없을 때 할 수 있는 유일한 길이었으니… 리차드, 그래도 무슨 방법이 있을 것이야. 도와드리는

게 아니라 신세를 갚는 일이니…

아버지는 신세를 갚는 길을 이미 정하신 것이다. 리차드는 아버지가 포기하지 않으실 것을 알고 있다.

— 저우, 나의 염치 없음을 용서하게. 그리고 무엇보다 무리하지 말게. 리차드의 말이 맞을 것이야. 미국에서는 계약이라는 것이 곧 법이 되는 거네.

…… 어쨌든 방법을 찾아야 한다. 문제는 자금이다. 오차드의 양 날개에 증축할 자금도 마련해야 하고, 동생들 학자금도 남겨두어야 한다. 재산세도 내야 할 것이고.

리차드의 머릿속이 복잡하다.

— 애야, 주유소와 로컬은행 자리 판 돈은 얼마나 남았느냐?

— 네, 모자라는 증축자금은 오차드에서 매월 들어오는 렌트비를 모으면 될 것이고요. 동생들 학비와 재산세는 남겨두었어요.

— 돈이 부족하단 말이지? 리차드, 그렇다면 돈을 빌려주겠다던 은행의 그 젊은 여자애를 만나보거라.

— 대출을 받으시게요?

— 그래, 대출이라고 했다. 그 애는 너에게 아주 친절하더구나.

…… 빚이라면 절대 안 된다던 아버지에게 무슨 변화가 생긴 걸까.

아버지와 오우 아저씨는 밤이 깊어가는 줄도 잊은 채 고향 이야기를 나눈다. 3,000스퀘어피트 정도의 작은 건물을 지을 자금은 그리 많지 않아서 대출이 쉽게 성사된다.

― 아버지, 위치를 잡아주세요.

― 남서쪽 모서리가 좋을 것이야. 41번가를 드나드는 사람들이 잘 볼 수 있는 자리이니.

오 서방 아저씨는 자신이 경영할 식당의 신축현장을 매일 보러 오신다. 올 때마다 아버지가 좋아하는 쿵파우 치킨요리를 갖고 와서 그때마다 아버지에게 같은 말을 하신다.

― 저우, 무리하지는 말게.

독립된 식당 건물이 완공되어질 때쯤 해서 큰 사고가 난다. 캐피톨라 로드를 건너오던 오우 아저씨가 도미니칸 병원으로 실려 갔으나 깨어나지 못한다. 상처 하나 없이 몸은 성했으나 뇌가 망가진 것이 치명적이라 한다. 아버지는 슬픔이 너무나 깊은 탓인지 며칠 동안 식사도 하지 않으신다.

― 아버지, 너무 상심하지 마세요. 오우 아저씨 부인이 대신할 수 있을 겁니다.

― 그게 문제가 아니야. 누가 식당을 하던지 식당 건물을 짓지만 않았더라도 이런 불상사는 없었을 터이니…

아버지는 미국의 이 넓은 땅에서 하나밖에 없는 친구가 곁에 없다는 현실이 받아들여지지 않는다.

― 고향에 어떻게 이 사실을 알릴 수 있겠느냐? 그리고 여자가 어떻게 사업을 할 수 있겠느냐. 혼자서.

― 오우 아저씨 부인은 아직 젊습니다. 그리고 장성한 아들과 며

느리도 있으니까요.

오우 아저씨네 가족이 식당을 개업하는 날, 아버지는 오우 아저씨를 대신하려는 듯이 손님을 안내하며 오우 아저씨 부인이 안심할 수 있도록 보살핀다.

아버지는 자리가 잡힐 때까지 일 년간 집세를 받지 말라고 하신다. 그것이 돌아가신 오우 아저씨에 대한 아버지의 배려다.

…… 아버지가 살아계시는 한 이 식당이 문을 닫는 일은 없을 거야. 임대사업을 이렇게 하시면 안 되는데…

리차드는 차마 이런 말을 입 밖에 낼 수는 없다.

…… 시간이 지나면 모두 정상으로 돌려놓을 수 있을 거야. 이번 프로젝트는 일 년간 적자다. 아버지가 마음의 빚을 갚았으니 아버지 인생은 흑자가 되는지도 모르지만.

— 리차드야, 인생은 때로 손해가 되더라도 해야만 되는 일이 있는 것이야. 마음의 빚은 밀릴수록 커져서 끝내 갚지 못하게 마련이니까.

…… 아버지가 살아계시는 동안에는 어떤 일에도 이의를 달 수는 없다. 오차드에서 입금되는 월세를 착실히 모으는 것이 중요하다. 멀지 않아 식당에서도 월세가 들어올 것이다.

— 리차드야, 증축을 미루더라도 우선 식당에 들어간 대출금부터 갚는 게 좋겠다. 증축은 1년쯤 늦어도 될 것이니.

오차드 건물 양날개에 증축하는 건축비는 본건물을 신축할 때의 단가보다 반이면 된다고 한다. 한쪽 벽을 본건물에 기대어 짓는 것이므로 20피트마다 철기둥을 세운 후 철기둥 위에 트라스를 얹으면 그만이다. 전면은 모두 알루미늄 프레임에 유리창을 내도록 설계를 의뢰한다. 건설회사에 의뢰하지 않고 직접 시공할 요량이다.

— 리차드, 그건 안 되는 일이야. 누구도 라이센스가 없으면 직접 건물을 지을 수는 없는 일이니. 그리고 리차드, 이제는 관리사무소 같은 게 하나 필요할 것이니 오차드 건물 서쪽 끝부분에 중이층을 지을 수 있게 건축허가를 같이 넣어라. 다음주에 산호세에 함께 나가서 원 사장님을 만나보자구나.

리차드가 운전을 하고 아버지는 조수석에 앉아 옛이야기를 꺼내신다. 어린 리차드에게 구슬을 찾다 주기 위해 걸어서 넘던 고갯길이다.

— 리차드, 네가 막 걸음을 떼기 시작할 무렵이었지. 처음 샌프란시스코에 도착해서 오 서방도 만날 수 없었고, 하루하루를 벌어서 살아가야 했는데 그날도 홈 디포 주차장에서 일감을 기다리는 중이었지. 멕시코인들이랑 수십 명이 차 한 대가 들어오면 우르르 몰려가서 일할 수 있게 해달라고 손짓을 했어. 나는 지친 몸으로 나무 그늘에 앉아 있었는데 일꾼을 고르던 원 사장님과 눈이 마주친 거야. 그분은 나를 그의 트럭 뒷좌석에 태우고 건축현장으로 갔어. 건축자재 쓰레기를 치우는 등 잡일이 끝나고 나서 나의

사정 이야기를 듣더니 우리 가족을 자신의 집 차고에 들인 방에서 살게 해주셨던 거야. 다음날부터 나는 홈 디포 주차장엔 안 가도 되었어. 얼마나 고마운 일이었던지. 그분은 서두르지 않고 친절하고 자상하게 목수 일을 가르쳐 주었지. 건축현장에서는 인도 사람과 아랍인, 그리고 순박하고 건장한 멕시코 청년과 나 이렇게 네 명이 원 사장님이 지시해 놓은 일을 하고, 원 사장님은 재료를 구입하러 다니느라고 현장을 비울 때가 많았지. 그런데 비가 부슬부슬 내리던 어느 날 칸이라는 인도 친구가 하수도관을 묻을 땅을 파다가 곡괭이로 제 발등을 찍었어. 심한 부상도 아니었는데 그날부터 그는 아무 일도 하지 않고 변호사를 찾아다니더니 끝내 소송을 제기하더구나. 자기 스스로가 잘못해 놓고 원 사장님을 귀찮게만 하더니 합의금이란 걸 받아들고 사라졌지. 물론 보험회사에서도 돈을 타먹고서. 참 운이 나쁘려니까, 한 달 후에는 아랍인 일꾼이 합판 한 장을 지붕으로 끌어 올리려다가 허리를 다쳤다고 또 소송을 제기했어. 원 사장님은 변호사를 찾아다니느라 제대로 일을 할 수가 없었어. 허리 보호용 벨트(Belt)를 지급했는데도 자기가 사용하지 않고서는… 그러나 다 소용이 없었어. 벨트를 착용하지 않은 것도 다 업주의 감독 소홀이라는 거야. 짓고 있던 집은 원 사장님과 나 그리고 멕시코 청년 그렇게 셋이서 완성을 했던 거지. 다섯이 할 일을 셋이서 하자니 얼마나 힘이 들었던지 그 일을 끝으로 원 사장님은 더 이상 공사를 맡지 않았어. 몇 번의 송사에 시달린 끝에 자금도 바닥이 나고, 무엇보다도 그분은 정신적으로 몹시 지쳤던 게야.
―「어디로 가겠나, 저우. 좀 정신을 차린 후에 다시 시작하기로 하세」라고 말했지만 이미 의욕을 상실한 후여서 내 일이 없을 것 같았지. 원 사장님은 말렸지만 우리는 그 댁을 떠나야만 했어. 원 사장님 부인이 한인 세탁소를 돌며 수거해온 옷을 수선하는 일로 생계를 꾸려가는 판에 더 이상을 기댄다는 것은 염치없는 일이었지. 자신들도 어려움에 처해 있었건만, 우리가 떠나던 날 그 부인은 한 달치 생활비를 네 엄마의 짐꾸러미에 넣어주셨지. 이제야 그 빚의 몇 십 배를 갚을 날이 온 거야, 리차드.
아버지는 한숨을 길게 내쉰 후 다시 말을 이어간다.
― 나날의 두려움을 안고 우리는 왓슨빌에 있는 딸기농장을 찾아갔어. 사람이 부족해서 딸기농장에는 일자리가 있을 거라고 부인이 가르쳐준 대로… 농장주가 방 한 칸을 내준 덕에 출발은 순탄했지. 우선 잠자리가 해결됐으니까. 그런데 문제는 가끔 노임을 현금으로 주지 않고 딸기로 대신 준다는 거야. 현금이 있어야 생활을 꾸릴 수 있지 않겠나. 궁여지책으로 네 엄마는 너를 걸리기도 하고 업기도 하면서 딸기를 팔려고 산타크루즈나 캐피톨라로 나갔지. 어느 날 딸기상자를 들고 중국 음식점엘 갔다가 거기서 오우 아저씨를 만나게 된 거야. 차이나 가든.
차가 원 사장집 앞에 멈추고서야 아버지의 회상도 멈춘다.

― 그러니 리차드, 우리는 원 사장님의 은혜를 갚아야 되는 거야.
아버지는 현관을 들어서면서 낮은 소리로 말한다.
― 어휴, 이게 누구신가? 저우 아닌가.
― 네, 원 사장님. 접니다. 이 애가 리차드구요. 십 년이 넘도록 찾아뵙지도 못했습니다.
― 리차드, 건강하게 잘 자랐구나. 우리가 늙는 동안 이렇게 크다니. 이제 구슬치기 놀이는 안 하겠지?
농담 삼아 말하면서 원 사장 부인은 재봉질하던 손을 멈추고 리차드의 손을 감싸며 눈물을 글썽인다.
― 아직도 옷을 수선하시네요. 그 옷은 색상도 그렇고, 생김새도 보통 옷과는 달리 보이네요.
― 맞아요, 저우. 이 옷은 인도 사람 것이랍니다. 신경을 많이 써야 해요. 무척 까다로우니까요. 그들은 길이가 1/4인치만 짧거나 길어도 다시 해달라고 한데요. 섬유의 질에 따라 그 정도의 길이는 신축이 있게 마련인데… 하여튼 시비를 걸다가 결국은 수선비를 깎아달라고 한데요. 또 어떤 인도 남자는 세탁물을 찾아가기 전에 옷을 들고 밖으로 나가서 햇볕에 비추어 보면서 조그만 얼룩이라도 보이게 되면 다시 세탁해 달라고 한다는군요. 케미칼을 써도 안 없어지는 얼룩도 있다는데… 결국 시비가 붙는 모습을 다른 손님에게 보이지 않으려고 얼른 세탁비를 할인해준다고 해요.
부인은 그런 말을 하면서 고개를 젓는다.

— 여보, 인도인이라고 다 그런 건 아닐 거요. 영국인들이 인도의 자원을 헐값에 수탈해가고, 영국의 직물을 비싸게 팔았으니까. 그것도 이백여 년 동안이나. 그들로서는 당하지 않으려고 그런 습성이 생겨난 것인 줄도 모르지. 당하지 않으려면 먼저 쏘는 게 상책일 수도 있으니까. 간디의 물레질은 아마도 그러한 불공정에 대한 무언의 항거인 셈이지. 우리 한국도 노예근성이 없어지기까지 오랜 세월이 걸렸어요. 36년 동안 식민지로 지배받던 기간만큼.

— 자, 그건 그렇고 그동안 어찌 지냈는지 궁금하네. 부인도 별고 없으시고?

아버지는 농장을 개간한 일이며, 어머니가 여덟 번째 아이를 낳다가 돌아가신 일과 토지를 소유하게 된 일 등을 대강 설명한다.

— 부인의 일은 참으로 안되었네. 소중한 하나를 얻으면 더 소중한 하나를 잃는다더니…

원 사장 부인은 소리 내어 울지 못하고 눈물만 흘린다. 분위기를 바꾸려고 원 사장이 얼른 농장 이야기로 말머리를 돌린다.

— 농장일은 잘 되었네, 저우. 정말 잘 되었어. 그래서 농장이 상업지구로 바뀌어 쇼핑센터를 짓고 있다는 말이지?

— 이번에 또 부탁 말씀을 드리려고 찾아뵈었습니다. 헤어질 때 주셨던 돈도 갚을 겸… 증축을 하려는데 맡아서 지어주셨으면 하고요.

— 아니네, 저우. 그때 그 돈은 돌려받으려고 준 것이 아닐세. 그리

고 또 나는 망치질을 너무 많이 한 탓인지 이제 어깨에 힘을 줄 수가 없네.

아버지는 물러설 기세가 아니다. 어떻게든 은혜를 갚으려고 머리를 짜낸다.

― 원 사장님, 직접 일을 하시지 말고 라이센스(License)를 걸고 감독만 하시면 되지 않겠습니까? 공정별로 하청을 주시고요.

― 저우, 자네도 잘 알겠지만 내가 직접 일하지 않고 하청에만 의존하면 건축비가 올라가게 되네.

― 상관없습니다, 원 사장님. 제가 원 사장님과 사모님의 은혜를 갚는 길은 이 길뿐입니다. 거절하지 말아주세요.

― 나는 내가 자네에게 특별히 무엇을 잘해주었다고 생각하지 않아. 어쨌든 자네가 그렇게 해야만 마음이 편하다면 그렇게 할 수밖에.

아버지는 겨우 원 목수 아저씨를 설득한 후 대답을 얻어낸다.

― 발주자 측의 감독관이 없으면 건물이 부실해질 수도 있지 않겠어요? 리차드는 다른 일에도 바쁘고, 또 건축일도 잘 모르니까요.

― 정 그렇다면 어디 한번 해보기로 하세. 1차로 내일 내가 현장으로 나가 보겠네.

인사하고 헤어질 때에 원 사장 부인은 얼른 돌아서서 어머니의 일을 생각하고 주방으로 가서 두 손으로 얼굴을 가린다. 증축은 복잡하지 않았으므로 60일 만에 완성된다. 리차느는 아버지가 당부

한 대로 일체 관여하지 않는다.
리차드는 아버지가 오두막의 방을 한 칸씩 늘려나갈 때마다 지붕 위에서 지붕의 물매는 30도가 되어야 물이 잘 흘러내리고 지붕이 새지 않는다고 하던 말씀이 기억나서 단 한 번 묻는다.

― 원 사장님, 지붕의 물매가 30도로 되나요?

― 그렇단다, 리차드. 본건물에 이어서 지붕 물매를 잡으니 자연스레 30도 경사가 되었지. 네 아버지는 내가 한 번 가르쳐준 것을 잊지 않았더구나.

20피트씩 분할하면 한 날개에 여덟 개의 소규모 점포가 들어서게 된다. 두 칸을 원하는 입주자에게는 두 칸을 임대 주어도 좋을 것이다. 입주 희망자들이 줄을 이어서 리차드의 사무실을 찾는다. 아버지가 몇 가지 원칙을 정해준다.

 첫째, 임대료는 주변의 시세보다 1할을 적게 받아라.
 둘째, 동일업종을 중복해서 들이지 말아라.
 셋째, 인도인에게는 임대를 놓지 말거라.

리차드는 아버지의 뜻을 대강 짐작을 하고는 있지만, 질문하고 싶은 것도 있다. 하지만 묻지 않는다. 아버지의 결정이 잘못된 적이 한 번도 없기 때문이다.

…… 임대료를 주변 시세보다 다소 싸게 주더라도 언젠가는 원위

치로 돌려놓을 수가 있다. 그리고 동일업종이 두 개 이상 들어서면 서로 영업에 지장이 있겠지. 그렇지만 경쟁이 되어야 서로 발전할 수 있고, 임대료도 인상하기 쉬울 텐데… 어차피 무능한 자들은 도태되기 마련이니까.

리차드는 아버지의 세 번째 지침에 대해 조심스럽게 아버지에게 말한다.

─ 아버지, 자칫하면 인종차별로 문제가 될 수도 있겠어요.

─ 누가 그걸 대놓고 하겠느냐? 네 마음속에서만 그렇게 선을 그으면 되는 거지. 지난번에 원 사장님 사모님의 말을 잘 들었지 않았느냐? 그들은 사소한 일에도 늘 시비를 걸어 음식을 거의 다 먹어 놓고는 불순물이 나왔다고 소리를 친다든지, 그리고는 가격을 흥정하지. 정가 같은 건 그들의 안중에 없어. 값을 깎지 않으면 잠을 못 이루는 인종이지. 그러니 골치 아픈 일을 당하지 않으려거든 그들을 상대하지 않는 게 좋을 거야. 그들의 고약한 습관이 치유되려면 한 이백 년은 걸릴 거야. 그들이 영국인들에게 당한 햇수만큼. 생전에 네 엄마도 늘 얘기했어. 그들은 딸기의 흠집을 찾아내어 가격을 몇 전이라도 깎으려 한다고. 그들이 미국에 더 많이 몰려오게 되면 미국인의 합리적 사고와 정직한 질서는 붕괴될지도 몰라. 영국의 청교도들이 발을 붙인 미국의 인과응보지.

「킹스 쇼핑센터(King's Shopping Center)」 임대사무실 간판을 걸고 나자 임자 희망자들의 발길이 잦아서 리차드는 그들을 면접하는 일이 벅차다.
…… 기준은 무엇인가.
아버지가 내린 지침 외에도 파악해야 할 사항은 많다. 우선은 표준 임대차 계약서를 만들어야 한다. 앤더슨 변호사가 만들어준 임대차 계약서의 내용은 크게 두 가지로 분류되어 있다. 일반사항과 특별사항. 특별사항의 조건은 건물주가 창조주보다 더 많은 권리가 있음을 적시하고 있다.

- 렌트비는 매년 지난 연도의 물가 인상률만큼 인상하기.
- 건물에 대한 재해보험금은 면적비율에 따라 세입자가 부담하기.
- 재산세 역시 면적비율에 따라 세입자가 부담하기.
- 건물 외의 주차장 공용도로 등 커먼 에리어(Common Area)의 관리비 등도 면적비율에 따라 세입자가 부담하기.
- 렌트비 납부가 지연될 때는 월세를 30으로 나눈 뒤 그 값의 두 배를 청구하기.

— 리차드야, 그 네 번째 항목은 너무 가혹한 게 아니겠느냐?
— 아니에요, 아버지. 그렇게 하지 않으면 납부일을 잘 지키지 않을 거예요.
— 그래도 리차드, 너무 엄하고 경직되면 결국 부러지게 마련인 게

야. 납부 지연에 따른 벌금조항은 넣지 말거라. 그들도 다 먹고살려고 애쓰는 사람들이니.

아버지의 완고함을 꺾을 수는 없다.

— 벌칙금을 정하고 싶다면 유예 기간을 두고 은행이자 정도를 붙이면 손해가 되는 일은 아니지.

…… 아버지 말씀대로 하자. 그래도 이게 어딘가. 땅 짚고 헤엄치기다. 관리비, 화재보험료, 재산세 등을 세입자가 모두 부담한다니. 게다가 렌트비는 매달 들어올 것이고, 또 1년에 한 번은 물가가 오르는 만큼 렌트비도 오를 테니까.

하루종일 몰려드는 입주 희망자들을 상대하고 나니 무슨 말을 들었고, 무슨 결론을 내려주었는지 기억이 나지 않을 지경이다.

…… 안 되겠다. 이렇게 해서는 안 되지. 미셸에게 부탁해보자.

리차드는 미셸을 찾아가서 서류정리 등을 도와줄 여직원을 한 명 추천해 달라고 부탁한다. 며칠 후에 미셸이 밝은 미소를 띠며 리차드 사무실의 문을 연다.

— 제가 도와드릴게요, 리차드씨. 일주일에 3일은 은행에서 일하고, 이틀은 리차드씨를 도와드릴 수가 있어요. 저만큼 적당한 보조원을 찾을 수는 없으실 거예요. 저는 장부도 만들 줄 알고, 그리고 무엇보다도 장래에 이 쇼핑센터를 완성하기 위해서는 많은 자금이 필요하실 텐데 은행이 요구하는 대출서류도 작성해드릴 수 있어요. 여기가 더 바빠지면 은행을 그만둘 수도 있고요.

그 다음날부터 미셸은 리차드의 보조원이 된다. 리차드와 미셸은 그렇게 사장과 종업원으로 지내며 서로를 알아간다. 미셸의 도움으로 임대분양은 순조롭게 진행된다. 두 칸 넓이인 40피트를 사용하겠다는 옷가게가 먼저 계약된다.

그 옆에는 카메라점이 두 번째로 입주하고, 이집트인의 아이스크림집, 캄보디아인의 도넛가게, 그 다음이 미장원, 멕시코인의 타쿠아리아가 한 칸, 그리고 금은방. 코너에는 외벽을 백색으로 꾸민 씨스캔디(See's Candy)집 등 미셸의 아이디어에 따라 사방에서 잘 보이는 코너의 31(Thirty one) 아이스크림집과 캔디 자리는 렌트비를 15퍼센트 더 받기로 한다. 그런데 쓰레기통을 몰아두는 서북쪽의 네 칸이 문제다. 쓰레기 매집장 옆으로는 가지 않으려고 한다.

— 분양은 다 되었느냐?

아버지는 어쩌다 한 번씩 물어보신다.

— 쓰레기 매집장 쪽의 네 칸이 아직 안 나갑니다. 세탁소를 하려는 한국인이 두 칸은 세탁소로 사용하고, 두 칸은 코인 라운드리를 하겠다고 하는데, 미셸의 말로는 세탁소는 케미칼을 사용하기 때문에 땅이 오염될 수도 있다고 해요. 땅이 오염되면 은행에서도 돈을 빌려주지 않는다고 합니다.

리차드는 아버지를 안심시키기 위해 묻지도 않은 말을 덧붙인다.

— 다행히 신청자 중 인도인은 없었어요.

— 그들은 좀 더 큰 사업을 원할 거야. 적어도 미국에 이민을 올 정도면 그 나라에서 부유한 사람들이나 사회적 계급이 높은 부류의 사람들일 것이니 그들은 주유소, 모텔 그리고 세븐일레븐 등 좀 더 큰 자본이 들어가는 업종을 사들이니까. 그 세탁소를 하겠다는 한국인을 내가 한 번 만나보마.

아버지의 면담은 10분을 넘지 않는다.

— 솔벤트를 사용하는 드라이클리닝 기계 밑에 철판을 깔고 턱을 만들 수 있나요?

한마디의 질문과 그에 대한 답변을 듣고 입주를 결정하신다.

— 리차드, 한국인은 부지런하고 청결해. 예의 바르기도 하고 똑똑하니… 그리고 쓰레기 매십상은 깨끗이 유지되노록 관리하고, 냄새나지 않게 자주 소독도 해주어라. 쓰레기장같이 보이지 않도록 문도 달아주고.

아버지는 만족스러운 표정으로 세탁소의 개업식에는 직접 참석하여 격려해주신다.

— 그런데 아버지.

아버지는 리차드가 이토록 진지하게 아버지라고 부른 것이 꽤 오래되었다고 느끼신 듯하다. 정색을 하고 리차드를 살핀다.

— 아버지, 이제 동생들도 다 커가고, 저도 결혼을 해야 할 때가 되었어요. 무엇보다도 아버지가 이 농막에서 지내시기에는 너무 불편하신 섬도 있고 해서…

―나는 불편하지 않다. 무엇보다 아직 밭이 남아 있으니 농사를 지어야 하지 않겠느냐? 네 엄마의 영혼이 어디로 나를 찾아오라고…
…… 아버지는 미셸을 탐탁하게 여기지 않으므로 핑계 삼아 이사를 가지 않겠다고 하시는 것일 거야. 미국에서 살아가려면 미국인이 되어야 한다고, 그러기 위해서는 미국인과 피를 섞어야 되는 것이라고 그렇게 말씀하셨지 않나요? 그래서 저희들 이름도 왕들의 이름으로 지어주시고…
그러나 그런 말은 리차드의 입속에서만 맴돈다.
…… 그건 그렇다 치고 큰아들에게만은 중국인의 온전한 혈통을 잇게 하고 싶다.
아버지의 눈치를 살피며 미셸은 주말마다 오두막집의 작은 부엌에서 요리하곤 한다.
…… 언제나 생각이 바뀌실까?
―너의 생각을 바꿀 수는 없겠느냐?
…… 아버지는 생각은 사랑이라고 하셨지. 사랑은 엄마의 마음 같은 거라고도 하셨는데… 어머니가 살아계셨으면 이 결혼을 반대하셨을까?
윌 할아버지가 아버지를 설득하러 오신다.
―여보게 저우, 그들의 결혼을 승낙하게나. 여기는 미국이네. 중국이 아니란 말일세. 중요한 것은 혈통이 아니라 삶 그 자체란 말이네.

아버지는 깊은 한숨으로 대답을 대신한다.

…… 아내는 무어라고 말할까?

— 변변한 집도 없는데요.

— 저우, 집값의 1할만 있으면 집을 마련할 수가 있네. 나머지는 십오 년 또는 삼십 년 동안 분할상환하면 되는 거야. 제 돈 다 들여서 집을 사는 사람은 없지. 물론 이자를 내야 하는 거지만 그 이자는 소득세를 낼 때 공제가 되니 손해 보는 일이 아니지.

아버지는 두 번째 한숨을 내쉬며 리차드를 바라본다. 윌 할아버지가 일어서며 다짐하듯 한마디 더 한다.

— 저우, 세월은 생각보다 빨리 지나가네. 자네도 벌써 오십 나이가 가깝지 않은가.

— 생각해볼게요, 윌 아저씨.

빛나는 흰색 캐딜락(Cadillac)을 타고 윌 할아버지가 멀어져 간다. 아버지는 세 번째 한숨을 내쉬며 어머니의 관을 만들 때 베어진 오동나무 그루터기에 앉아 오차드 쪽을 바라보신다.

— 이쪽을 향해 걸어오고 있는 저 키 크고 마른 사내는 누구냐, 리차드?

키 크고 마른 사내는 아버지와 리차드를 향해 손을 흔들어 보인다.

— 아는 사람이냐, 리차드?

— 먼저 오차드 개업식날 왔던 카운티의 공무원 같아요.

— 저는 카운티의 개발담당관 샘이라고 합니다. 샘 가너(Sam

Garner). 좋은 소식을 선해느리려고 찾아뵈었습니다.

…… 좋은 소식이라? 무슨 소식인지는 몰라도 미셸이 있는 데서 말하게 할 수는 없지. 가끔 기쁜 소식은 나쁜 내용으로 쉽게 퍼져나가므로…

아버지가 미셸을 바라보자, 미셸은 윌 할아버지와 마시던 찻잔을 들고 오두막으로 들어간다.

— 리차드, 식사라도 하면서 이야기를 나누자고 하려무나.

— 아닙니다, 식사는 사양하겠습니다. 저희 공무 규정에도 맞지 않으니까요.

— 그럼 중국차 정도는 괜찮으시겠지요?

오우 아저씨네 중국 식당으로 들어서니 제법 많은 손님들로 빈 테이블이 없다. 자리가 잡혔는지 개업 시의 식탁과 의자는 모두 새 것으로 교체되고, 내부의 페인트와 장식들도 중국풍으로 꾸며져 있다. 여기저기 빨간색과 금 색깔로.

— 아주머니, 저 뒤쪽에 빈방 하나 있나요?

— 한 시간 정도는 이용할 수 있어, 리차드. 예약된 시간이 되려면…

— 네, 아주머니. 잠시만 있을 거예요. 저희는 식사는 안 하고 차만 마실 거니까요.

여덟이 앉을 수 있는 원형 테이블에서 세 사람이 중국산 홍차를 마신다.

— 바쁘실 텐데 용건부터 말씀드리지요. 죠앤공원 옆의 1.5에이커에 대한 말씀인데요. 그곳에는 언제 상가를 지으실 건가요?
— 아직 계획이 없습니다. 길 건너 오차드가 들어선 쪽의 프로젝트가 아직 끝나지 않아서요. 양배추밭이 아직 남아 있기도 하고…
— 그래서 말씀인데요. 카운티로서는 죠앤공원을 찾는 이들을 위한 주차장과 그리고 몰의 근처라서 공용주차장이 필요해졌거든요.

아버지의 안면은 점점 굳어지고 불쾌한 내색을 하지 않으려고 입을 굳게 다문 채 어금니를 깨물고 있다.

— 스카츠밸리(Scotts Valley)에 15에이커의 시유지가 있습니다. 저우 선생님의 그 1.5에이커와 시유지 15에이커를 맞바꾸시면 어떨까 해서요. 하나의 안일 뿐입니다. 현재는 임야로 되어 있어서 가치는 다르지만요.
— 쓸모없는 임야로 무엇을 하겠습니까?

리차드는 저도 모르게 큰소리로 말한다.

— 그래서 카운티에서는 임야를 농지로 개간할 수 있도록 지목을 변경해드릴 수도 있습니다. 저우 선생님이 농지를 원하신다는 것을 모두 알고 있으니까요. 또한, 이곳 캐피톨라의 상인들이 현재 남아 있는 양배추밭에도 하루속히 상가가 들어서기를 바라고 있기도 하구요. 쇼핑센터가 완성되어야 영업에도 도움이 된다고 합니다.

듣고만 있던 아버지가 갑자기 말문을 연다.

— 얘야, 진정하거라. 그러니까 1.5에이커와 15에이커를 맞바꾸잔 말씀이군요?

— 네, 저우 선생님. 물론 강제사항은 아니구요.

— 가봅시다. 지금.

리차드는 불안하다. 토지의 크기는 열 배가 되겠지만 값으로는 백 배 차이가 날지도 모른다.

— 제 차로 모시겠습니다.

— 아니요, 저희가 뒤따르겠습니다.

샘의 지프차가 앞서고 아버지의 중고 웨곤이 뒤따른다. 십오 분을 17번 후리웨이(Free way)를 달려 차를 스카츠밸리의 마운틴 허먼 로드(Mt. Hermon Rd) 길가에 세우고 낮은 언덕을 오른다. 길 쪽에 면한 5에이커가량은 평지에 가까운 완만한 경사에 키가 작은 잡목과 잡초가 무성하다. 동쪽의 경사가 다소 심한 10에이커가량에는 소나무숲이 우거져 있다.

— 소나무숲은 농지로 개간하기가 어렵겠고, 실제 농지가 될 만한 것은 5에이커가량이 되겠네.

샘은 아버지의 말에 난감한 기색이다.

— 그런데 저 길가 초입에 있는 저 낡은 건물은 무엇입니까?

— 오래된 저택입니다. 백여 년 전에 이곳에서 사시던 분이 돌아가실 때 저택을 포함해서 토지를 모두 카운티에 기증했다고 들었

습니다. 저택은 카운티박물관으로 사용되었다고 합니다. 지금은 비어 있습니다만.

아버지는 마운트 허먼 로드의 길 건너편에 이미 조성되어 있는 상가를 내려다보며 혼잣말로 중얼거린다.

— 집이라…

셋이 다 말이 없다.

…… 무얼 생각하고 계시는 걸까?

— 집이라, 그러면 불법 건축물은 아니겠군요.

— 물론이지요, 저우 선생님. 집 앞의 공터를 포함해서 1에이커가량은 주거지역이니까요.

— 소나무숲도 경사가 그리 심한 건 아니네.

— 농지로 전환되면 소나무는 모두 베어내도 무방할 것입니다.

소나무 언덕까지 올라갔다가 내려와서 저택의 앞 공터에 이르러서야 아버지와 리차드와 샘은 서로를 쳐다보다, 아버지는 새로운 희망의 눈으로, 리차드는 불안한 눈빛으로 그리고 샘은 덤덤하게, 마르고 키 큰 공무원은 어떻게 생각하시느냐고 답을 묻는 눈으로. 아버지를 쳐다본다.

아버지는 고개를 끄덕이며 저택을 올려다보신다. 외관은 세월만큼 낡아 있다. 현관 앞의 포치(Porch)는 제법 넓었으나 아치(Arch)의 한쪽 기둥이 주저앉아 지붕의 수평이 불균형하다. 더러 잡초가 솟아 있는 지붕은 밝은 회색으로 바래 있다. 지하층이 있는 듯 벽돌세단 아래로 채광창이 있다. 2층은 같은 규격의 창이 많은 것으로 보아 방의 숫자가 제법 되는 것 같다. 경사가 급한 지붕에는 돌출창이 있다.

— 콜로니얼 스타일(Colonial Style)이지요.

그게 무슨 뜻인지는 모르지만 아버지는 고개를 끄덕이신다.

— 차고는 없군요.

— 네. 지어진 지가 백오십 년 전의 일이라 포드(Ford)차가 나오기 전의 일이니까요.

아버지가 계단으로 올라가서 포치(Porch)의 기둥에 손을 대니 오랜 세월 비바람에 들고 일어난 페인트 껍질이 부스스 떨어진다.

— 한 번 들어가 봐도 될까요?

— 그러믄요. 제가 키를 찾아오지요.

샘은 집 옆으로 돌아가 벽돌 한 장을 빼낸 속에서 열쇠를 꺼내온다. 현관으로 들어서니 지하층으로 내려가는 계단과 2층으로 올라가는 계단의 가드레일(Guard Rail)이 손에 잡힌다. 오크(Oak)목의 무늬는 아직도 살아있어서 매끄럽다. 넓은 거실을 지나니 부엌이 있던 자리가 나오고, 그 옆으로는 서재가 있다.

— 2층을 볼 수 있을까요?

아버지는 구석구석을 눈여겨보며 때로는 고개를 젓기도 하고, 때로는 고개를 끄덕이기도 한다. 키 큰 사내가 앞장을 서고 아버지와 리차드가 뒤따라 계단을 오른다. 계단에서 한 번 삐걱대는 소리가 들린다. 일곱 개의 방에는 모두 문이 없다.

— 박물관으로 사용할 때 문을 모두 떼어냈지요.

네 개의 화장실은 모두 잠겨 있다. 소나무 원목으로 만들어진 문은 아직 쓸만하다. 내려오면서 아버지는 지하실로 내려가는 입구에서 샘을 쳐다보신다.

— 내려가 보시지요.

텅 비어 있는 지하실의 채광창으로 빛이 들어오고 있다. 경사지에 지은 덕인지, 채광창을 통하여 환기가 잘 된 탓인지 지하실 특유의 냄새나 습기는 없는 것 같다.

— 밖에서 보기에는 낡아 보이던데 내부는 비교적 깨끗하군요.

— 네, 박물관으로 사용할 때 전체적으로 한 번 손을 봤으니까요. 오래전의 일이라 외부는 또다시 낡았지만요. 지금도 한 달에 한 번 청소부를 보내 내부를 청소하고 있거든요. 지붕이 새지 않는 것이 다행이지요.

밖으로 나와서 아버지는 저택을 한 바퀴 돌아본 후 손을 내밀어 악수를 청하신다.

— 사람이 살려면 수리비가 많이 들어갈 것 같네요.

— 저우 선생님, 저택은 원하지 않으실 경우 철거해드릴 수도 있습니다만.

어떻게든 일을 성사시키려는 카운티 공무원의 노력은 헛되지 않는다.

─ 카운티가 원하는 대로 해드리리다. 주택을 포함해서 전부.
웨곤을 타고 오두막으로 향한다. 아버지의 표정이 이렇게 밝은 것을 본 적은 막내가 태어날 때 이후 처음인 것 같다.
─ 아버지, 손해가 되는 일은 아닐까요?
─ 됐다, 리차드.
무엇이 됐다고 하시는지 리차드는 도무지 짐작할 수가 없다.
─ 남은 양배추밭은 이제 다 갈아엎어라. 나는 지금부터 스카치밸리의 저 저택을 수리하여 이사할 준비를 해야겠다. 주택의 수리가 끝날 때까지 결혼은 좀 더 기다려. 일곱 개의 방은 너와 형제들에게 하나씩 나누어주면 되겠고, 나는 1층의 서재를 방으로 꾸며 그곳에서 지내면 되겠으니. 지하실은 마침 환기가 잘 되는 것 같으니 죠앤 할머니가 준 책은 서가를 만들어 꽂으면 될 것이야. 오천 권이 넘는 책을 더미로 쌓아두었으니 미안한 일이지. 그리고 리차드, 죠앤 할머니 사진 아직도 보관하고 있지? 서재에 죠앤의 사진을 걸어야지. 그 옆에 네 엄마의 사진도 걸고… 물론 계단식 서랍장도 갖다 놓고.
아버지가 왜 그토록 쉽게 토지의 교환을 결정하셨는지 이제야 짐작이 된다. 아버지는 가족이 모두 모여 살 집을 원하시는 거야.
─ 남아 있는 오동나무도 옮겨 심을 거구. 우선 평지부터 개간하여 농지로 만들 것이다. 장비만 있으면 개간이 어렵지는 않을 거야.

아버지는 이제 쇼핑센터에는 관심을 두지 않으신다. 저녁 잠자리에 드실 때만 오두막집으로 돌아오고 저택의 수리에만 매달린다. 가끔은 주택 수리를 도와주고 있는 원 목수 아저씨와 함께 오우 아저씨네 식당에서 쿵파우 치킨을 드신다.

무관심하다고 하실까봐 리차드는 한 주에 한 번 수리현장을 찾아간다. 점심때에 맞추어 맥도날드 햄버거와 코카콜라를 사들고서 간다. 그때마다 아버지의 얼굴이 환해진다. 지붕은 새로운 초록색 셩글(Shingle)로 교체되어 있고, 외벽은 판자를 걷어내고 시멘트로 발라져 있다. 부엌이 있던 자리에는 매플(Maple) 원목의 문이 달린 캐비닛이 설치되고 카운터 탑은 부처블록(Bucher Block) 모양이 새겨진 라미네이트(Laminate) 상판으로 덮여 있다. 방마다 나뭇결 무늬의 흰색 문을 달고, 경첩과 손잡이 등 장식은 모두 스테인리스 스틸로 되어 반짝인다. 지하실의 삼면은 아버지가 손수 제작한 파인트리(Pine tree) 나무로 된 책꽂이가 둘러서 있다. 집 앞 공터는 도로와 연결하고 콘크리트를 타설하여 주차가 편하다.

— 리차드, 이제 페인트칠만 하면 공사는 끝이 난다. 오동나무를 옮겨야겠다. 한 달 후쯤 이사할 것이니 날짜를 잡고 사람을 사서 오동나무를 이곳으로 싣고 오너라. 뿌리가 다치지 않도록 조심하고… 아무나 시키면 안 될 것이야. 정원공사를 전문으로 하는 사람에게 맡겨야 된다. 우선 막내 메리의 나무만 옮기고 나머지는 그대로 두고 베지 말아라.

리차드는 41번가에 면한 서쪽에 상가를 지을 계획으로 정신없이 바빴으나 오동나무를 옮기는 날은 하루종일 지켜 서서 뿌리가 상하지 않도록 감독한다. 아버지가 왜 오동나무를 옮기자고 하는지를 잘 알고 있으므로 불평은 하지 않는다.

…… 어머니가 그리우신 거야.

북동쪽 모서리에는 주유소가, 북서쪽 모서리에는 은행이, 그리고 캐피톨라 로드에 면한 북쪽에는 오차드와 그 건물을 둘러싼 작은 상점들, 41번가에 면한 일부에는 오우 아저씨네 식당이 들어서 쇼핑센터는 서서히 그 모습을 드러낸다. 이제 남은 자리는 41번가에 면한 남은 대지와 농막이 있는 남쪽의 넓은 대지뿐이다.

— 서두르지 말아라, 리차드. 언제든지 한발 늦게 출발하는 것이 더 좋은 때가 있는 법이니. 이제 너도 좀 쉬면서 생각을 정리한 다음 다시 출발하려무나. 무엇보다 이제는 가진 돈이 없지 않느냐.

리차드는 마냥 기다릴 수가 없다. 여섯 동생의 대학 등록금과 생활비가 학기마다 돌아와서 리차드를 긴장시킨다.

…… 졸업 후에는 결혼도 시켜야 하고, 집도 한 채씩 마련해주어야 하는데…

아버지는 스카치밸리의 경사가 완만한 잡목숲을 개간하여 농토로 바꾸어 나간다. 아버지는 다시 생기를 되찾고 쇼핑센터에 관해서는 일체 묻지도 않으신다. 평온한 날들이 지나가면서 리차드에게도 두 아이가 생긴다. 아들만 둘이다.

…… 이대로 있어서는 안 되겠다. 지금의 수입으로는 도저히 동생들을 뒷바라지할 수가 없어.

― 미셸, 무슨 방법이 없을까? 우선 41번가에 면한 서쪽에 20여 개 정도의 점포를 지으면 어떨까? 열 개를 먼저 짓고 2차로 다시 열 개를 짓기로 하면…

모아둔 자금으로 가능한지를 계산하고 나서 미셸이 말한다.

― 아예 오두막도 다 헐어버리고 그 자리에 큰 건물을 지어 쇼핑센터의 메인 상가로 삼아야 해요. 지금의 상점들은 자잘한 것들만 있어서 쇼핑센터로서의 면모가 너무 초라하니까요. 윌 할아버지네처럼 만들 수는 없어도 유명 마켓체인을 유치해야 전체의 상점이 살아날 수 있을 거예요.

미셸이 럭키 그로서리 스토어(Lucky Grocery Store)를 접촉하고 나서야 결론이 내려진다. 41번가에 면한 곳의 새 상점들은 임대료가 주변의 시세보다 1할이 저렴했으므로 빠르게 분양된다. 아트써플라이(Art Supply)가 제일 먼저 들어서고, 그 다음 피자집, 리커 스토어(Liquor Store), 수제 햄버거샵, 팻스토어(Pats Store), 사우나를 겸한 마사지샵이 차례로 들어선다. 자동차 부속 취급점은 교섭 중이다. 이제는 오두막이 있는 남쪽의 넓은 대지에 쇼핑센터를 상징할 대형건물을 지을 차례다. 아버지는 조건을 달아서 오두막과 아이들이 생길 때마다 손수 지었던 일곱 개의 방을 철거할 것에 동의한다. 일곱 그루의 오동나무 중에 한 그루는 어머니의 관으로 쓰여졌고, 한 그루는 스카치밸리의 저택 현관 옆으로 옮겨져서 이제는 다섯 그루의 오동나무가 작은 숲을 이루고 있다.
어머니의 유언에 따라 아버지가 울면서 심은 여덟 번째 오동나무는 원인 모르게 시름시름 앓더니 금년에는 아예 새 잎이 돋아나지 않고 있다.
― 남아 있는 오동나무를 베지는 말아라. 특히 저 여덟 번째 나무는 베지 말아. 내년에 다시 살아날 수 있을지도 모르니…
지키기 어려운 조건은 아니다. 아버지의 조건을 전하자 미셸은 야릇한 미소를 짓는다. 대형건물의 건축비는 럭키 측이 부담하고, 15년 후에는 소유권을 이전하기로 한다. 미셸은 임대업의 주체를 주식회사로 전환할 것을 주장하지만 아버지는 물러서지 않는다.
― 복잡하게 만들지 마라. 모든 것은 단순할수록 좋아.
…… 모든 것은 아버지의 명의로 한다. 모든 것의 주인은 아버지이다.
― 이제 우리는 기다리기만 하면 되는 거야, 미셸. 세월이 가면 미셸 말대로 될 거야. 서두르지 말아.
럭키마켓(Lucky Market)이 개업하고 얼마 후에 미셸이 가방을 챙긴다. 리차드의 무력함과 대식구의 뒷바라지에 지친 모습이다. 둘째 아이는 아직 젖을 떼지도 못했는데 미셸은 집을 나간다.
― 나는 기다려도 나에게는 아무것도 없어. 이제 신물이 나.
미셸은 아버지에게 작별인사도 없이 동부의 부모에게로 가버린다. 미셸의 외침을 끝으로 리차드가 중심이 되어 펼쳐진 무대의 막이 내린다.

제2부
갯벌 위의 바다

눈 내리는 만경들 건너가네
해진 짚신에 상투 하나 떠가네
가는 길 그리운 이 아무도 없네
녹두꽃 자지러지게 피면 돌아올 거나
울며 울지 않으며 가는 우리 봉준이
풀잎들이 북향하여 일제히 성긴 머리를 푸네

그 누가 알기나 하리
처음에는 우리 모두 이름 없는 들꽃이었더니
들꽃 중에서도 저 하늘 보기 두려워
그늘 깊은 땅속에서 젖은 발 내리고 싶어 하던
잔뿌리였더니

그대 떠나기 전에 우리는
목쉰 그대의 칼집도 찾아주지 못하고
조선 호랑이처럼 모여 울어주지도 못하였네
그보다도 더운 국밥 한 그릇 말아주지 못하였네
못다 한 그 사랑 원망이라도 하듯
속절없이 눈발은 그치지 않고
한 자 세 치 눈 쌓이는 소리까지 들려오나니

그 누가 알기는 하리
겨울이라 꽁꽁 숨어 우는 우리나라 풀뿌리들이
입춘 경칩 지나 수군거리며 봄바람 찾아오면
수천 개의 푸른 기상나팔을 불어 재낄 것을
지금은 손발 묶인 저 어름장 강줄기가
옥빛 대님 풀어헤치고
서해로 출렁거리며 쳐들어갈 것을

우리 성상 계옵신 곳 가까이 가서
녹두알 같은 눈물 흘리며 한 목숨 타오르겠네
봉준이 이 사람아
그대 갈 때 누군가 찍은 한 장 사진 속에서
기억하라고 타는 눈빛으로 건네던 말
오늘 나는 알겠네

들꽃들아
그날이 오면 닭 울 때
흰 무명 띠 머리에 두르고 동진강 어귀에 모여
척왜척화 척왜척화 물결 소리에
귀를 기울이라

- 안도현의 〈서울로 가는 전봉준〉에서

유년의 바다

하늘의 먹구름 뒤에서 천둥이 칠 때 검푸른 바다는 하늘을 닮아서 거칠게 일어서며 몸부림쳤다. 사흘을 기다려도 아버지는 돌아오지 않았다. 1950년 유월 「좌익의 난」이 일어난 지 나흘도 되지 않아 서울은 이미 난동꾼들에게 점령되었고, 점령된 동북 방향으로부터 포성과 총성이 들려왔고, 화약 냄새가 바람에 실려왔다. 사흘에서 하루를 더 기다렸으나 아버지로부터는 아무런 기별이 없었다. 동네 사람 모두가 짐을 쌌다. 어머니는 더 기다릴 수가 없다고 했다. 당진의 할머니 댁으로 피난을 가야 한다고 했다.

　돌아오시면 당진으로 내려오세요. 마침 교장 선생님이 마련한 배를 타러 부두로 나갑니다. 1950년 6월 30일.

어머니는 메모지 한 장을 화장대 거울에 붙여놓았다. 어머니가 근무하던 학교는 며칠 전에 문을 닫았으나 교장 선생님과의 연락은 닿았다. 세 살 반의 나는 피란의 뜻을 헤아릴 수 없었으나 어머니의 손을 잡고 답동 집을 나섰다. 육로는 이미 전쟁터가 된 터라 길이 없었다. 길이 있다고 해도 두 어린아이를 업고 걸려서 가는 길은 사지로 뛰어드는 꼴이 될 것이었다.

동생 영희를 업은 어머니는 머리에 이부자리를 이고 부두로 향했다. 나의 어린 어깨에 지어준 작은 배낭에서는 밥그릇 소리가 덜그럭거렸다. 나는 어머니를 잃어버릴 것 같아서 어머니의 손을 꼭 잡았다.

작은 배 한 척의 값이 집 한 채 값이었다. 교장 선생님이 아버지에 대해서 물었으나, 어머니는 대답 대신 고개를 가로저을 뿐이었다. 교장 선생님도 메모를 남겨놓았다고 했다. 큰아들이 근무하던 경찰서는 진작에 좌익의 협력자들에게 탈취당했고, 졸지에 징집된 작은 아들에게서는 생사의 소식도 없다고 했다.

부두에는 크고 작은 형형색색의 보따리들이 널려 있었는데, 그 짐 보따리 수보다 더 많은 사람들로 북적였다. 이름을 부르는 소리와 아이들이 우는 소리가 섞여 북새통을 이루고 있었다.

통통배는 길이가 5~6미터 정도에 선폭이 3미터도 되지 않는 작은 배였다. 배의 주인은 배에 시동을 걸어 작동에 이상이 없음을 보여준 다음 교장 선생님이 건네주는 갈색의 봉투에서 지폐를 꺼내 세어보지도 않고 검은색 점퍼 안주머니에 구겨 넣더니 돌아보지도 않고 새벽의 안개 속으로 황망히 사라졌다.

배가 남쪽을 향해 움직이려 할 때 사라졌던 주인이 석유 한 통을 들고 와서 뱃전에 내려놓았다.

― 당진까지 가시려면 기름이 더 필요하실 것 같아서…

― 고맙구려.

― 착한 사람 같군요.

배는 통통통 소리를 내며 움직였다. 배의 작은 굴뚝에서 나오는 매연에서 석유 냄새가 났다. 배가 방향을 잡고 천천히 움직일 때 바닥에서 삐거덕거리는 소리가 났다. 배의 속도는 느렸다.

이 속도라면 하루종일을 가도 목적지에 닿을 수는 없을 것이었다. 그러나 다른 방도가 없었다. 부두의 풍경이 시야에서 사라지기도 전에 배의 통통 소리는 점차 잦아들었다. 몇 번을 더 푸더덕거리더니 시동이 아예 꺼져버렸다. 배는 폐선이나 다름없었다. 학교 소사에게 줄을 놓아 어렵게 구한 배였다. 어수선한 때에 그렇게 속아서 곤경에 처한 사람은 교장 선생님뿐이 아니었다.

난리통에 남을 위해 할 수 있는 일은 극히 제한적일 것이었다. 기름 한 통을 갖다준 행위와 폐선을 팔아먹은 행위 사이에 존재하는 것은 각자의 생존뿐일 것이었다. 학교의 소사는 난이 끝나고도 학교에 복직하지 않았다.

우현과 좌현에 매달리듯 붙어 있는 노를 저었으나 배의 항해속도는 걷는 것보다 느린 듯했다. 돌아설 수도 없는 지경에서 교장 선생님과 어머니는 쉬지 않고 노를 저었다. 그것만이 살길이었으므로 노를 저었다. 해가 중천에 이르러서야 하인천 부두의 모습이 가물거렸는데 영희를 품에 안고 불안한 눈빛으로 노 젓는 소리를 듣고 있던 교장 사모님이 절망적인 목소리로 울부짖었다. 배 바닥의 널빤지 틈새로 바닷물이 기어 들어왔기 때문이었다.

교장 선생님과 어머니는 약속이나 한 듯 양은냄비를 꺼내 물을 퍼내기 시작했고, 배는 방향을 잃은 채 썰물에 밀려다녔다. 퍼내는 양보다 들어오는 바닷물의 양이 많아서 교장 선생님은 기관실에서 물에 떠 있는 양철통을 찾아내어 물을 퍼대었다. 스며드는 물은 줄어들지 않았다. 스며드는 물의 부피와 퍼내는 물의 양이 일대 일로 맞서고 있는 것 같았다.

서해의 탁한 바닷물 밑으로 갯벌이 겨우 보였다. 15미터가 넘는 서해의 간만의 차는 들고나는 속도가 빨랐다. 어머니는 이마의 땀을 닦으며 안도했다. 죽을지도 모른다는 절망이 살 수도 있다는 희망으로 가려졌다. 썰물은 밀물보다 더 빠른 속도로 물러나는 것 같았다. 해질 무렵에 배는 갯벌에 얹혀졌다.

지치고 허탈해진 어른들은 말이 없었다. 영희가 칭얼댔으므로 어머니는 주먹밥의 반을 먹였다. 썰물로 빠져나간 바닷가 갯벌에 서니 정강이의 반이 빠져들었다. 갯벌 속으로 빨려 들어가는 것 같았다. 나는 갯벌 위를 걸을 수 없었다. 걸어지지 않았다.

영희는 교장 사모님의 등으로 옮겨졌고, 나는 이부자리를 등에 멘 어머니의 짐 위에 올라탔다. 내 어깨의 작은 배낭에서 또다시 그릇 부딪치는 소리가 났다.

갯고랑의 바닷물은 아직 다 물러가지 않아서 얕은 곳을 찾아 우회했다. 어머니의 등짐 위에서 내려다보는 갯고랑의 바닷물이 나는 무서웠다. 눈을 감고 철퍼덕거리는 어머니의 발걸음 소리를 들으며 아버지를 생각했다.

해가 영종도의 서쪽 산을 다 넘어가고 나서야 뭍에 올랐다. 나무 밑에 앉아서 어머니가 준비해온 주먹밥과 교장 사모님이 만들어 온 김밥을 나누어 먹었다. 영희는 파랗게 질려 있었으므로 모닥불에 물을 데워서 수저로 떠서 먹였다.

— 윤 선생, 우리가 함께 움직이면 숫자가 많아서 받아주는 집이 없을 거요.

낮은 고갯길의 삼거리에서 교장 선생님 가족과 헤어졌다. 헤어지면서 교장 선생님이 다시 말했다.

— 함께 거동하면 식솔이 많아서 더 힘들어. 영수야, 영희야, 우리는 다시 만나게 될 거야.

한 섬에 있으니 아주 헤어지는 것은 아니라고 교장 선생님이 말씀하셨다고 어머니가 말했다. 나는 엄지발가락에 물집이 잡혀 쓰라렸으나 어머니에게 말하지 않았다. 긴 고갯길을 다 넘었는데도 사람의 기척이 없었고, 민가의 불빛도 보이지 않았다. 어둠 속에서 다시 쉬었을 때 잘 일어나지지를 않았다.

어머니의 재촉으로 다음 고갯마루를 넘자 초저녁 달빛 아래 저 멀리 산기슭의 초가집 굴뚝에서 연기가 피어오르는 것이 보였다. 우리는 방향을 잡고 논두렁을 지나 그 집 대문 앞에 섰다. 어머니는 이불 보따리와 영희를 땅바닥에 내려놓고 문을 두드렸다. 우리는 육백만 피란민 중의 하나가 되었다.

좀처럼 열리지 않던 나무문 틈새로 누군가 어른거렸다. 문을 사이에 두고 어머니의 설명을 다 들은 후에야 문이 열렸다. 노부부는 우리를 집 안으로 들이고 다시 대문을 닫아걸었다. 한여름이어서 젖은 옷은 걷는 동안 말라 있었으나, 이부자리는 솜이 젖어 있는 채로 무거워서 펴지 못했다.

한 소년이 아궁이에 불을 지피고 장작을 넣어주었다. 외양간에 붙어 있는 토방은 한쪽 벽이 무너져 내려서 여물 냄새가 났는데 그 여물을 먹은 소가 우리 가족에게 눈길을 주었다. 소똥 냄새와 짚을 삶는 냄새가 지독했으나 맨바닥에 누운 나는 오히려 아늑했다. 나는 소의 눈망울을 보면서 잠이 들었다. 잠결에 모기가 윙윙대는 소리가 들렸다. 어머니는 낡은 신문지를 접어서 영희에게 달려드는 모기를 쫓아냈다. 아침에 눈을 뜨니 어머니는 바닷물에 젖은 이부자리를 우물물로 헹구어 발로 밟아서 물기를 짜내고 있었다. 빨랫줄에 거는 것을 도와주고 있던 소년과 눈이 마주쳤다. 빙긋이 웃으면서 나오라고 손짓했다. 나는 문도 없는 토방 문턱을 기다시피 넘어서 우물가로 갔다.

신홍이 형이라고 부르라고 어머니가 말했다. 노부부와 신홍이 형 그리고 우리 집 세 식구는 작은 대청마루에서 밥상을 가운데 두고 마주 앉았다.

보리쌀에 무시래기를 넣고 끓인 멀건 죽이었다. 반찬이라곤 무말랭이와 간장 한 종지가 전부였다. 전쟁이 언제 끝날지 모르니 양식을 아껴야 한다고 어른들끼리 말했다. 신홍이 형은 노부부의 손자라 했다. 농사짓던 아들은 군에 입대했는데 청량리 전투에서 부상을 입어 후퇴하는 군 병원에 있다고 했다. 죽지 않은 것이 천행이라고 했다.

며느리는 개전 다음날 친정에 가서 부모를 모시고 오겠다고 한 지가 여러 날이 지났는데 못 오고 있는 걸 보니 길이 막힌 것 같다고 했다. 아침밥을 먹고 나서 어머니는 노부부에게 얼마간의 돈을 내밀었다. 돈을 받으려고 대문을 연 것이 아니라고 완강히 거절했으나 어머니가 더 완강했다.

— 안 받으시면 저희는 여기서 나가겠어요.

어머니 말에 노부부는 비상시에 서로를 위해 함께 쓰자며 돈을 받아 이불장 속의 이불 밑에 깊이 찔러넣었다. 어머니는 노부부의 농사일을 도왔고, 나는 신홍이 형을 따라다니며 함께 놀았다. 구슬치기나 딱지치기를 하며 놀 때마다 신홍이 형은 노는 방법을 새로 가르쳐 주었고, 내가 이길 수 있게 해주었다. 신홍이 형이 아카시아 나뭇가지 껍질을 벗겨 만든 부지깽이로 자치기 놀이하는 것을 가르쳐 주었다.

연못가에서는 돌을 던져 튀는 방법을 시범으로 보여주었는데 그 때마다 신홍이 형이 던진 돌은 물에 빠졌고, 내가 던진 돌은 통통 튀어서 건너편 풀섶으로 날아갔다. 나를 즐겁게 해주기 위해서 져 주는 것 같았지만 싫지 않았다. 돌이 물 위를 튕겨 나갈 때마다 동생 영희는 나무 그늘에 앉아 까르르 웃었다. 영희는 걸어도 숨이 가빴고 뛰거나 하면 기절하다시피 했다. 그래서 뛰놀지 못했다. 영희가 선천성 심장판막증이 있다는 것을 커서 알았다.

어느 날은 이웃에 사는 내 또래의 인석이도 구슬치기에 끼어주었다. 구슬이 두 개밖에 없었으므로 인석이와 나는 번갈아가며 신홍이 형의 구슬을 맞추기 위해서 구슬을 굴렸다. 나는 답동 집의 마루 밑에 숨겨놓은 구슬을 못 가져온 것을 후회했다. 구슬치기를 할 때마다 알사탕 생각이 간절했다. 단것을 먹어본 지가 오래였다. 시래기죽으로 연명하는 터에 과자나 알사탕이 구해질 리는 없었다.

늦여름에 저절로 자라는 푸성귀는 흔해서 보리죽에서 푸성귀의 양은 더 많아지고, 보리의 양은 푸성귀가 늘어난 만큼 줄어들었다.

섬사람 모두가 굶주렸다. 어머니는 얼마간의 돈을 갖고 있었지만 돈을 받고 식량을 파는 사람은 없었다. 난리 중에 돈은 돈이 아니었다. 장이 서는 날 어머니가 장에 나가서 밀가루 한 자루를 구해

왔는데 정제되지 않은 통밀가루는 제대로 반죽이 되지 않았다. 신홍이 형이 길섶에 무성하게 자란 쑥을 뜯어와서 통밀가루 쑥범벅을 해먹었다. 먹고 돌아서면 배가 고팠고 기운이 없어져서 신홍이 형과 인석이와의 자치기 놀이도 시들해졌다. 장맛비는 며칠째 멎지 않고 있었다.

신홍이 형이 비에 젖은 쑥개떡을 한 개 가지고 토방으로 들어와서 내밀었다. 내가 다 먹기를 기다리더니 내 손을 잡고 토방을 나와 어른들 뒤를 함께 따랐다. 신홍이 형이 소달구지를 끌었고, 신홍이 형 할아버지는 지게를 지었다. 집 안에 있는 모든 자루들을 묶어서 소달구지에 실었다.

작년 가을에 쓰다남은 빛바랜 가마니 몇 개도 실었다. 어머니는 답동 집을 떠날 때 지워주었던 작은 빈 배낭을 다시 나에게 걸쳐주었다. 빗속을 줄지어 걸어가는 마을 사람들의 행렬은 유령처럼 보였다. 비는 멎었고 여명이 밝아왔다.

행선지를 묻는 사람이 없었다. 영희는 어머니의 등에 바짝 붙어 있었고, 인석이와 나는 신홍이 형의 달구지를 따라가다가 점점 처졌다. 신홍이 형이 뒤를 돌아보더니 인석이와 나를 달구지에 태워주었다.

나는 어머니의 등에서 영희를 떼어내어 내 무릎에 앉혔다. 풀뿌리에 걸려 달구지의 바퀴가 덜거덕댈 때마다 영희는 눈살을 찌푸렸다. 저 멀리 바닷가에 한 무리의 사람들이 철로 만들어진 회색의 배에 기어 올라가는 것이 보였다.

누군가가 소리쳤다.

— 저, 아구리 배다!

나는 그 아구리 배가 미군의 LST 전차상륙정이라는 것을 베트남 전쟁에 참전하고 나서 기억해냈다.

사람들이 갯벌에 처박힌 아구리 배에서 무언가를 퍼담아 갯벌 위로 던지는 것이 보였다. 신흥이 형이 아구리 배의 측면을 거의 다 기어 올라갔을 때 체격이 좋은 장년 몇이서 전차가 드나들던 경사진 전면의 문을 열어젖혔다. 사람과 곡식이 섞여서 쏟아져 내려와 갯벌에 쌓였다. 신흥이 형이 곡식 속에서 얼굴을 내밀어 손짓했다.

모두가 달려들어 납작보리를 자루에 쓸어 담았다. 납작보리는 비에 젖어 있었다. 신흥이 형과 할아버지는 바닷가에 정물처럼 멈춰서 있는 소달구지로 자루를 옮겼다. 자루는 더 없었고 난간이 없는 소달구지에 더 실을 자리도 없었다.

어머니는 영희를 업은 채로 납작보리 한 자루를 머리에 이고 있었다. 나의 작은 배낭에 담겨진 곡식은 무거웠다. 돌아오는 길에는 달구지를 탈 수 없었다. 늙은 소는 등을 짓누르는 무게에 힘겨워했고, 어머니의 어깨는 영희의 무게로 아래로 처졌다.

미군의 군량이 어떻게 해서 영종도 해안에 떠내려왔는지 알 수 없는 일이었는데, 건넛마을 목사는 하나님이 굶주린 백성을 보살피신 것이라고 했고, 전등사 중은 부처님이 자비를 베푸신 것이라고 말했다고 어른들이 수군거렸다. 아구리 배에서 만난 교장 선생님 부부는 몇 달 사이에 더욱 수척해져 있었다.

— 조만간에 집에 한 번 갔다 와야겠어요. 집에 써놓은 메모를 바꾸어야 하니까요. 엉뚱한 곳에 와 있으니 영수 아버지가 저희를 어떻게 찾겠어요?

교장 선생님은 경찰 가족이어서 점령지에 들어갈 수 없다고 했다. 인민군은 먼저 군경 가족을 색출해서 처단한다는 풍문이 돈다고 했다. 교장 선생님은 「영종도」라고만 써서 대문 뒤쪽에 붙여달라고 부탁했다. 어머니는 밀가루 봉지를 찢어서 「영종도」라고만 쓰고 접어서 가슴에 품었다.

해가 좋은 날만을 택해서 앞마당에 멍석을 펴고 젖은 보리쌀을 말렸다. 젖은 보리쌀을 펴 헤치는 어머니의 손은 기운이 없었다. 달빛이 구름에 가려진 어느 날 밤에 어머니는 인석이 엄마와 함께 집을 나섰다. 답동 집에 다녀오신다고 했다. 이웃 마을 사람의 나룻배 한 척을 빌려 인석이 엄마와 함께 배에 오를 때 나는 어머니에게 마루 밑의 빈 병에 담아놓은 구슬을 갖다 달라고 말했다.

인석이 형이 영희를 업은 채 내 손을 잡고 어두운 밤길을 걸어 집으로 돌아왔다. 왠지 어머니를 다시 못 볼 것 같은 두려움에 가슴이 답답했다. 인석이 형이 토방에서 함께 자주었다. 소와 눈이 마주쳤는데 웃고 있는 것처럼 보였다.

적군의 수중에 들어간 인천을 어머니와 인석이 엄마는 이틀 만에 살아서 돌아왔다. 교장 선생님 집은 폭격으로 반이 무너지고 대문이 달아나서 「영종도」란 메모는 성한 마루 위에 놓고 돌을 얹어놓았다고 했다.

젖은 납작보리를 다 말리고 나자 신홍이 형네 논에서 벼를 거두었다. 햅쌀을 찧어서 뒷산의 토굴에 감췄다. 배고픔을 면하자 신홍이 형은 인석이와 나를 데리고 연못가 내울에서 미꾸라지를 잡았다. 인석이는 수영을 못해서 개울가에서만 첨벙대며 뛰었다. 나는 가라앉는 배에서 내려다본 바다의 무서움이 가시지 않아서 물을 피했다.

연못의 물이 넘쳐서 낮은 곳에 도랑이 생겼고, 그것이 작은 시냇물이 되어 흘렀다. 나는 겨우 도랑에서 가재를 잡았다. 가을 가뭄으로 집 안마당의 우물이 말라서 마을 사람 모두가 연못가에서 빨래를 했다. 신홍이 형 할아버지가 달구지에 남은 벼를 싣고 정미소에 가던 날 어머니는 인석이 엄마와 같이 연못으로 빨래를 하러 갔다.

연못에서는 샘물이 솟아나는지 수면의 높이가 줄지 않았다. 신홍이 형과 나는 개울 끝에서 가재를 잡고 있었는데 연못 쪽에서 비명 소리가 들려왔다. 어머니 등 뒤로 달려가 숨죽여 보니 인석이가 연못 가운데 동동 떠서 웃고 있었고, 인석이의 엄마는 인석이를 잡으려고 허우적대고 있었다. 신홍이 형이 개구리 수영으로 첨벙며 연못으로 뛰어들어 인석이를 메고 나왔다.

다시 연못 가운데를 바라보니 인석이 엄마는 보이지 않고「영수 엄마, 우리 인석이를 인석이…」이라고 부르는 소리만 메아리로 남았다. 어머니가 마을을 향해 뛰어갔다. 영희는 나무 그루터기에 기대어 앉아 자지러지게 울었다. 나는 영희를 업었다.

남자 어른들이 달려와서 연못 한가운데서 인석이 엄마를 건져냈을 때는 이미 숨을 거둔 뒤였다. 인석이 엄마는 하얀 연꽃이 무성한 줄기를 헤쳐나오지 못했다. 어른 중 누군가가 손바닥으로 인석이의 눈을 가렸다. 나는 무서워서 곁눈질로 인석이 엄마의 얼굴을 보았다. 살아서 숨 쉬고 있는 것 같았다. 살아서 숨 쉬고 있기를 바랐다. 그 길로 인석이의 손을 잡고 토방으로 돌아와 울었다.

인석이는 상황이 혼란스러웠는지 큰 눈을 멀뚱거릴 뿐 무덤덤했다. 그때부터 인석이와 나는 형제가 되었고, 어머니와 영희와 나는 인석이네 집으로 이부자리를 옮겼다. 바닷가 마을 끝에 있는 인석이네 집에서 인석이 엄마가 모아두었던 납작보리로 지은 밥을 먹을 때 알갱이가 입안에서 굴러다녔다.

인석이 아버지 전억만은 철도 공사장에서 일했다. 주로 서울에서 일했고, 철길을 따라가며 지방의 여러 곳에서도 노동했다. 소작농의 아들로서 농토가 없었으므로 노동이 생계수단이었다. 배운 것은 없었으나 겨우 한글을 읽었다. 이승만이 단행한 농지개혁 때

할당받은 농지는 투전판에서 다 날렸다 한다. 무상으로 받은 것이 화근이었다. 할 일 없는 겨울에 전억만은 더 큰 농토가 손에 잡히기를 바랐다. 다시 철도 노동자로 복귀해서 집을 비우는 일이 잦았다.

기골이 장대해서 남들이 침목 한 개를 옮길 때 두 개를 들었다. 곧 작업반장이 되었는데, 인민군이 서울을 장악하자 몇몇 작업자들과 더불어 인민 의용군이 되었다. 자발적으로 입대했는지, 강제로 동원되었는지 아무도 모른다.

달이 없는 야밤에 마을 입구의 당산나무 아래에서 인민군 군복을 입은 전억만을 본 사람이 소문을 퍼트렸고, 그 소문이 섬의 구석구석까지 퍼져서 인석이 엄마와 말을 섞는 이가 없었다. 인석이 엄마는 입이 무거워서 남편의 일을 아무에게도 말하지 않았다. 외로운 처지에 피난민인 어머니만이 상대해주자 자매처럼 의지했다.

전억만은 다부동 전투에서 백선엽 부대와 싸울 때도 목숨을 부지했고, 맥아더가 반도의 허리를 잘라 척추를 부러트렸을 때도 용케 빠져나갔다. 백선엽이 중앙청에 태극기를 날릴 때는 이미 삼팔선 북쪽으로 빠져 있었다.

1.4후퇴 때 서울이 다시 좌익에게 점령당했을 때 영종 집에 와서 아내와 인석을 찾았으나 보지 못했다. 마을 사람들이 인석이 엄마가 물에 빠져 죽었다고 전했을 때 그는 실성한 사람마냥 군복을 벗어 던지고 내의 차림으로 어디론가 사라졌다.

항상 웃음 짓던 인석이는 더 이상 웃는 일이 없었다. 가끔 먼 바다를 바라볼 때 그의 입술이 조금 움직일 뿐이었다. 각자의 집집마다 힝아리에는 아직 납작보리가 남아 있었다. 구월의 초가을 바람에는 볏짚 냄새가 섞여 신선했으나 동쪽 방향의 인천으로부터는 화약 냄새가 실려왔다.

한밤중에 대포 소리에 놀란 마을 사람 모두가 뒷산에 올라 월미도 쪽을 바라보니 동쪽 방면의 하늘이 벌겋게 타오르고 있었다. 맥아더의 군함들은 월미도와 부두를 향해 집중포격을 퍼부었다. 이틀 밤낮을 내리 퍼붓던 포격 소리가 잦아든 후 라디오에서는 인천과 서울이 차례로 수복되었고, 선발대의 태극기가 중앙청에 꽂혀 있다고 전했다.

인석이와 나는 석 달을 다닌 임시학교의 선생님께 작별인사를 했다. 어머니가 시키는 대로 선생님의 허리를 안았다. 학교 갈 나이가 못 되었는데도 어머니는 전쟁이 언제 끝날지 모른다며 인석이와 나를 임시학교에 밀어 넣었었다.

집으로 돌아가는 길에 가지고 갈 짐은 없었다. 방파제 끝에서 신홍이 형과 헤어질 때 신홍이 형은 눈물을 훔쳤다. 나와 헤어지기가 서운해서 우는 것인지, 인석이가 불쌍해서 우는 것인지 알 수 없었다.

석 달여 만에 집으로 돌아가는 길이어서 나는 웃어야 할지, 울어야 할지 짐작이 가질 않았다. 인석이가 모처럼 웃었다. 신홍이 형이 인석이의 머리를 쓰다듬어 주었다.

답동 집에 돌아와 보니 어머니의 화장대 거울에는 「영종도」라고 쓰인 메모지가 그대로 붙어 있었다. 한겨울 추위 때문인지, 전쟁이 끝나지 않아서인지 학교는 문을 열지 않았고, 아버지로부터는 아무런 기별이 없었다. 어머니가 초조하게 기다리고 있는 중에 교장 선생님으로부터 연락이 왔다. 다시 피난을 가야 한다고 준비하라 하신다고 어머니가 말했다. 남한의 군인들이 유엔군과 함께 압록강에 이르렀는데 모택동의 군인들이 개미 떼처럼 몰려와서 후퇴 중이라고 했다. 장진호 전투에서 헤아릴 수 없이 많은 미군과 한국군이 죽었고, 흥남 부두에서 유엔군 12만 명과 피난민 10만 명이 배를 타고 빠져나왔다.

매섭게 추운 1월의 겨울이었다. 어머니는 거울에서 「영종도」라고 쓰인 누런 종이를 떼어내고 분홍색 립스틱으로 「당진 본가」라고 네 글자를 써놓았다.

경찰서 직원이 지프차에 교장 선생님과 사모님을 태우고 와서 어머니와 인석이와 나를 태웠다. 영희는 여전히 어머니의 품에서 잠들어 있었다. 비좁았지만 편안했다. 걷고 있는 사람들이 우리를 부러운 눈으로 쳐다보았다.

경찰서장인 교장 선생님의 큰아들이 보낸 차를 타고 당진으로 가는 차 속에서 교장 선생님이 말했다. 너무 걱정하지 말라고. 영수 아버지가 납치만 되지 않았다면 아마도 종군기자로서 전투에 참

전하고 있을 것이라고. 그러나 어머니는 불길한 예감으로 불안해했다.

도로의 여기저기 포탄이 떨어진 곳에 크고 작은 웅덩이가 보였다. 웅덩이를 피해서 차는 남쪽을 향해 천천히 내려갔다. 큰 포탄이 떨어진 곳에는 큰 웅덩이가 생겼고, 작은 포탄이 떨어진 자리는 작게 패여서 물이 고여 있었다.

여름 장마에 고인 썩은 물에 살얼음이 덮여 있었는데 웅덩이 주변에는 크고 작은 신발들이 어지러이 널려 있었다. 나는 그것이 웅덩이에 빠져 죽은 사람들의 신발일 것이라고 생각했다. 도로를 복구하는 인부들을 이리저리 피해 가느라고 반나절 거리를 한나절이나 걸려 당진 할머니 집에 닿았다. 할머니와 어머니의 수군대는 말소리에서 아버지의 이름 소리는 점차 작게 들렸다.

교장 선생님과 사모님은 사랑채에 짐을 풀었고, 어머니는 건넛방에서 밤마다 뒤척였다. 대청마루를 사이에 두고 어머니의 기침 소리가 들렸다. 할머니는 손자들을 끼고 어머니 방으로 보내지 않았다. 인석이는 대청마루에서 서성이다가 할머니가 손짓하고 나서야 내 곁에 누웠다.

나는 매일 밤 인석이의 잠꼬대 소리를 들으며 잠이 들었다. 그것이 말인지, 흐느낌인지 알 수 없었다. 쌀이 남아서 이웃 마을 사람들에게도 나누어주었다. 이씨 문중의 땅을 밟지 않고는 읍내에 나갈 수 없다던 그 많은 농지는 아직도 넓었다.

할아버지는 일제로부터 해방되던 해에 돌아가셨다. 해방둥이인 내 얼굴을 보지 못하셨다. 할아버지가 전답을 나누어주기 전의 일이었다. 소작인들은 장리쌀로 겨우 보릿고개를 넘기고 있었고, 신용이 떨어진 소작인들은 그나마 장리쌀도 빌릴 수 없어서 소나무 껍질로 죽을 끓여 먹었다.

지난해 가을에 수확한 양식은 초봄에 바닥이 나고, 새해의 보리는 아직 여물지 못해서 오뉴월에 굶는 사람이 많았다. 가을에 추수를 해봐야 소작료를 내고 장리쌀을 갚고, 또 그 이자로서 빌린 쌀의 50퍼센트를 내고 나면 남는 것이 별로 없기 때문이었다. 더구나 가뭄이나 홍수가 들거나 해충이 극성인 해에는 걸식과 빚으로 부지했다. 춘궁기의 아이들은 나무에 핀 흰 꽃잎을 보며 쌀밥을 갈망했으나 쌀밥의 향기는 잠시 왔다가 사라지곤 했다.

제대로 먹지 못한 아이들은 광대뼈가 솟아 나왔고, 부황 든 얼굴에는 흰 버짐이 피었다. 원형탈모로 머리에는 구멍이 나 있는 것 같았다. 할아버지는 해방 전 해부터 장리쌀의 이자를 받지 않고 있었으나 식솔이 많은 집의 아이들은 여전히 배가 고팠다. 배가 고픈 아이들은 성질이 예민해져서 걸핏하면 서로 싸웠다.

할아버지는 서울로 가서 일제 스메끼리(손톱깎이)를 사다가 아이들 손톱을 깎아주었다. 그로부터 아이들의 얼굴에 손톱자국이 없어졌다. 할아버지는 아버지의 뜻을 물었고, 아버지는 할아버지의 뜻을 따랐다. 식솔이 많은 소작인에게는 전답 열 마지기를 내어주었고, 단촐한 집에는 다섯 마지기씩을 나누어주었다.
상전(上田)과 하전(下田)을 가려서 공평하게 나누어주었기 때문에 불평히는 소작인은 아무도 없었다. 하전의 천수답은 가뭄 때에 소출이 없었고, 상전의 소출만이 식량이 되었다. 농지개혁 시기에 더 많은 농토가 잘려 나갔으나 전답 마흔다섯 마지기는 온전히 이씨 문중의 소유로 남았다.

좌익의 무리들이 서울을 점령했을 때 붉은 완장을 차고 설치던 마을의 협력자들도 할머니 집은 건드리지 않았다.

겨울을 넘기고 교장 선생님과 사모님은 큰아들이 보내준 지프차를 타고 인천집으로 돌아갔다. 후방에서 전방의 포성은 간헐적으로 들렸고, 겨울을 한 번 더 지내고 나서야 좌익의 뿌리를 뽑지 못한 채로 수습되었다. 어머니는 인천의 학교에 복직하지 않았.

할머니의 집안 살림을 도우며 기다려도, 기다리는 아버지는 돌아오지 않았다. 좌익들에게 납치되어 끌려갔는지, 종군기자로서 전장에 근접하여 전사했는지 아무런 단서를 찾지 못했다. 그리하여 아버지는 십이만 실종자 중의 하나가 되었다.

할아버지로부터 무상으로 농지를 받은 이들은 철 따라 익은 과일과 밭에서 거둔 푸성귀를 가져왔다. 봄에는 할머니의 농토에 씨를 뿌려주었고, 가을에는 곡식을 거두어주었다. 그들은 나를 작은 도련님이라고 불렀다. 어머니가 말려도 한사코 그렇게 불렀다.

할머니는 1.4후퇴 때 남으로 내려온 함경도 사람 세 가족을 받아들였다. 선대에서 하인들이 쓰던 방을 차례로 내주었고, 그들이 피붙이를 찾아 떠나갈 때까지 먹여주었다. 그들은 농사일을 도왔고, 그들이 도운 농사는 몇 년째 풍년이었다. 추수가 끝나고 어머니가 쌀 열 가마를 부두로 보냈다.

어머니는 나와 인석이를 태우고 영종도로 향했다. 뱃길은 잔잔했고 따사로웠다. 인석이 형이 소달구지를 몰고 영종도 부둣가에 나와 있었다. 늙은 소는 큰 눈을 껌벅이며 아직도 살아서 일을 하고 있는 모양이었다. 외양간에 붙어 있는 토방의 흙벽은 말끔히 고쳐져 있었는데, 인석이네 집은 언제 헐렸는지 빈터에 잡초가 무성했다. 인석이와 나는 어린아이 때를 벗고 검정 무명양복을 입고 있었다.

삼 년 새에 신흥이 형은 청년으로서 어깨가 넓었다. 하룻밤을 자고 헤어질 때 신흥이 형은 양손을 벌려 인석이와 나의 어깨를 잡고 처음 헤어질 때처럼 또다시 울었다. 이번에는 나도 눈물이 나왔고, 인석이도 울었다.

당진으로 돌아오는 배에 오를 때 신흥이 형이 그간 까맣게 잊고 있던 구슬자루를 내밀었다. 배가 움직이고 신흥이 형이 보이지 않을 때쯤 나는 구슬자루의 매듭을 풀어 구슬을 인천 앞바다에 쏟았다. 물속으로 잠기는 구슬이 갯벌에 닿는 소리는 들리지 않았.

그동안 유년의 기억은 바닷물에 잠겨 있었고, 몇 년 뒤 신흥이 형이 장가가는 날 영종도로 향하는 정기연락선 선실에서 들려준 어머니의 추억담 속에서 일부는 되살아났다. 처음으로 듣는 이야기도 있었는데 어머니의 그 말은 영종도의 기억보다 더 나를 슬프게 했다.

어머니의 어머니는 안양집에서 불에 타서 돌아가셨다. 무기를 싣고 가던 기차가 포격을 당해 폭발하면서 동네가 모두 불에 타서 흔적도 없이 사라졌던 것이다. 어머니는 어머니의 어머니가 불에 타서 죽은 사실과 아버지의 행방불명에 따른 그리움에 대해 더 이상 슬퍼해하지 않았다. 어머니의 기억은 어제 일처럼 생생했고, 나는 내 유년의 바다 위에서 갯벌과 갯고랑의 물이 무서워서 하늘을 바라보았다.

청춘의 바다

할머니는 끼니때마다 아버지의 밥상을 따로 차려놓고 돌아오지 않는 아들을 기다렸다. 아버지의 제사는 지내지 않았다. 생사를 알 수 없으므로 망자를 위한 제사를 지낼 수 없었다. 나는 충무공 이순신의 먼 종친의 장자로서 아산의 종갓집 제사에 참석할 때마다 할머니의 탄식 소리를 들었다.

어머니는 인석이를 입적시키려 했으나 종친 어른들의 반대로 전씨 성을 그대로 갖고 살았다. 덕수이씨 족보에 양자를 들인 적이 없다고 했다. 어머니는 항상 인석이를 나와 똑같이 대했다. 내 옷을 살 때 인석이 옷도 샀고, 내 신발을 사면 인석이 신발도 샀다. 인석이는 제 아버지를 닮아 발이 컸고 키도 훤칠했다. 종친 어른들은 나를 살갑게 맞았으나 인석이는 눈 안에 두지 않았다.

다음해부터 어머니는 인석이를 데려가지 않았다. 종친의 어른들은 안도하면서 제사 때 모인 문중의 아이들에게 가보를 보여주었

나. 가보 중에서 두 장의 거북선을 보여줄 때 어른의 손끝이 떨렸다. 붓으로 먹을 찍어 그려진 그림은 400여 년의 세월이 흘렀으나 종이 냄새는 나지 않았다.

거북선에는 열여섯 개의 노와 열아홉 개의 총통 구멍과 전면에 네 문의 포가 그려져 있었다. 동기들이 다 흩어진 후에도 나는 제사가 끝나 할머니가 부를 때까지 그림을 들여다보았다. 종친 어른이 와서 빙그레 웃으며 그림을 다시 상자에 넣었다.

그때부터 나는 거의 날마다 거북선을 꿈꾸었다. 어떤 때는 아버지가 거북선을 타고 오는 꿈도 꾸었다. 제사가 있는 때마다 종친의 어른을 졸라서 거북선 그림을 보았다.

나중에는 스케치북과 4B연필을 준비해가지고 가서 하룻밤을 묵으며 거북선 그림을 그렸다. 자세히 보니 이물에 붙어 있는 동물의 머리는 용의 머리가 아니라 호랑이 머리였다. 나는 섬세하게 그렸다. 종친의 어른들이 칭찬해주었다. 자주 볼 수 없는 거북선 그림을 자주 보고 싶었으나 제사가 매일 있는 것이 아니어서 아쉬워했다.

궁리 끝에 나는 어머니에게 카메라를 사달라고 졸랐다. 할머니가 허락했다. 어머니는 인천 근교에 있는 부평까지 가서 카메라를 구했다. 주둔하고 있는 미군부대 PX에서 흘러나오는 물품을 취급하는 암매상으로부터 카메라 한 대를 사다주었다. 아사히 팬탁스 카메라(Asahi Pentax Camera)를 가방에 숨겨가지고 왔다. 셔터

(Sutter)를 누를 때 나는 소리는 묵직하고 깊었다. 나는 그날로 종갓집으로 달려가 거북선 그림을 사진 찍었다. 원본을 보지 않고도 그릴 수 있는 나날은 가벼웠다.

내가 거북선 그림에 빠져 지내는 동안 인석이는 책을 읽었다. 인석이는 아버지의 책을 모조리 읽었다. 인석이는 과묵했고, 중학생의 키가 고등학생만큼 컸다. 고등학교에 진학하고 나서 특별활동반에 가입할 때 나는 미술반에 들었고, 인석이는 방송반에 들어갔다. 인석이의 성적은 늘 앞에서 몇 번째였고, 나는 뒤쪽에서 맴돌았다. 그러나 어머니는 나를 나무라지 않았다. 인석이는 공부를 잘해서 좋고, 영수는 그림을 잘 그려서 좋다고 했다.

나는 나의 거북선 그림에 색깔을 입히기 시작했다. 내가 거북선에 색깔을 입히는 날 영희는 무릎에 얼굴을 묻고 내 곁에서 침묵했다. 영희의 얼굴은 늘 창백했다. 아직 어려서 수술을 할 수가 없다고 했다. 인석이와 나는 영희를 업고 십 리 길을 걸었다. 등굣길에는 내가 업었고, 하굣길에는 인석이가 업었다.

그러던 어느 날 영희가 등에 업힌 채 문득 말하며 말끝을 흐렸다.
— 거북선이 바다 위에 떠 있으면 더 멋있을 것 같은데…
나는 아산만의 좁은 포구에 거북선을 띄웠다. 포구가 협소해서 뒤따르는 함대는 그려 넣지 못했다.

졸업을 일 년 앞둔 어느 봄날에 선배들이 모여 웅성거렸다. 그 모임 한가운데에 인석이가 있었다. 인석이 연단에 올라 무슨 연설인가를 하더니 우르르 몰려서 교문을 빠져나갔다. 선생님들은 말리지 않았다. 거기까지가 인석이의 혁명이었다. 나는 교문 밖으로 뛰쳐나가는 동기생들을 교실 창문을 통해 내다보았다.

4월의 청춘이 건국의 아버지를 내몰았다. 주변의 모리배들이 선각자의 원려를 헤아리지 못한 결과였다. 「여우도 굴이 있고, 하늘을 나는 새도 보금자리가 있으나 사람의 아들은 머리 둘 곳이 없다(루카복음 9:58)」는 예수의 말씀대로 되었다.

국부는 외로운 섬에서 죽었다. 4월의 청춘들은 부패한 관리들을 몰아내는 데는 성공했으나 그 다음의 대책은 갖고 있지 못했다. 거리는 혼란의 연속이었고, 학생들 덕에 권력을 손에 쥔 자들은 무능했다. 보릿고개에 농민은 여전히 굶주렸고, 그 틈새에서 좌익들이 준동했고, 왜곡된 민의는 그 좌익들의 선전선동에 농락당했다. 세상이 어떻게 돌아가던 말던 인석이는 다시 책만 읽었다. 바다 위에 떠 있는 나의 거북선 그림은 스스로 생각해도 신통치 않게 보였다. 그 다음해에 군인들이 한강을 건넜고, 인석이는 우울한 표정으로 말이 없었다. 말수가 적은 인석이는 더욱 말수가 적어진 채로 졸업했다.

인석이는 K대학 법대에 입학했고, 나는 H대학 회화과에 등록했다. 시험과목 중에 뎃생(Dessin) 실기가 있었는데 경쟁자들은 그들이 미술학원에서 배운 대로 목탄으로 그렸고, 엄지손가락으로 문질러 음양을 조절했다. 나는 목탄을 사용해본 적이 없는 터라

4B연필로 그렸다.

서울 출신의 아이들은 능숙한 솜씨로 아폴로(Apollo)나 아그리파(Agrippa), 비너스(Venus)의 두상을 그렸고, 나는 쥬리어스 시저(Julius Ceasar)의 두상을 그렸다. 나는 시저의 명석한 행적을 흠모했기에 그의 두상을 그렸다. 시저의 흉상을 그리면서 인석이가 앞장서서 교문을 빠져나갔던 날 창밖으로 내다보고만 있던 내가 떠올라 쑥스러웠다. 인석이와 나는 자취방을 하나 얻어서 스스로 해 먹었다. 쌀을 당진집에서 보내왔고, 어머니가 보낸 용돈은 우체국에서 찾아다 썼다.

물감을 살 돈이 늘 부족했으나 집에 연락하지 않았다. 인석이와 내가 집을 떠나올 때 농지는 줄어들고 있었다. 인석이와 나의 등록금과 생활비가 농지를 갉아먹었고, 영희의 심장수술비로 또 논밭이 잘려 나갔다. 수술 후에도 대놓고 먹는 영희의 약값이 어머니를 옥죄고 있었지만 어머니는 논밭을 더 이상 팔지 않았다.

어머니는 시골 학교에 복직했다며 용돈을 보내왔다. 어머니의 편지는 애절했다. 돈 걱정하지 말고 학업에 전념하라고 적혀 있었다. 그날로 인석이와 나는 공동명의로 어머니에게 편지를 썼다. 가정교사 자리를 구했다고 썼다. 먹고 자고 학비도 충당할 수 있다고 썼다.

인석이의 말은 사실이었으나 나의 말은 거짓이었다. 주소가 바뀔 것이니 쌀과 용돈을 보내지 마시라고 썼다. 인석이가 나에게 식비와 물감값을 대주기로 했다. 인석이는 마르크스, 레닌, 모택동을 읽었고 나는 난중일기, 충무공전서, 징비록을 읽었다. 인석이가 동아리 모임에 참석하고 밤늦게 돌아온 날 검은 양복을 입은 사람들이 자취방에 들이닥쳐서 인석이의 책들을 모조리 가져갔다.

인석이는 곧바로 뛰쳐나가서 돌아오지 않았다. 가정교사로 가기 전의 일이었다. 인석이와 연락이 닿지 않았다. K대로 찾아가서 법대 친구들을 만나보고 나서야 데모 중에 잡혀갔다는 것을 알았다. 학생들의 조직은 독재에 반대하는 민주화운동을 전개했다. 나는 인석이가 반대하는 것에는 찬성했으나 그들의 운동에는 동조하지 않았다. 나는 오롯이 지고지순한 혁명만을 동경했다.

민주화운동은 민주화의 가면을 쓴 공산화운동으로 변질된 것이었다. 혁명이 민주적일 수는 없다고 말했지만 인석이는 듣지 않았다. 백성의 죽창으로는 혁명을 성공시킬 수는 없다고 말했지만 이 역시 인석이는 묵살했다.

— 4월의 뒤끝을 잘 보지 않았나.

— 모르겠어, 혼란스러워.

인석이는 유치장에서 겨우 말했다.

— 배고프겠구나.

신흥이 형이 토방에서 건네주던 어린 날의 밀개떡 생각이 났다. 인석이는 인민의용군에 입대한 제 아버지의 편이 되었고, 나는 좌익의 난 때에 행방불명된 아버지의 편이 된 듯싶었다. 인석이에게 사식을 넣어주고 돌아오는 버스 속에서 머릿속이 흔들렸다.
무능한 민주 권력은 백성의 바다에서 표류했다. 독재의 서슬은 백성에게 와닿지 않았고, 공산화에 집착한 자들에게만 비수가 될 것이었다.
혁명가가 부패하지만 않는다면 혁명은 항상 정당할 것이었다. 환부를 도려낼 때 고통이 없다면 그것은 수술이 아닐 것이었다. 일거에 제거하지 않는다면 독은 더 깊고 넓게 퍼져나갈 것이다.
…… 좌익은 민주적인가? 그것은 가면이다. 새로운 계급을 향한 투쟁일 뿐이다. 이 세상에서 평등이란 본디 없는 것이다. 평등한 세상이 존재하리라 믿는가 너는. 없는 것을 이루겠다고 하는 것 자체가 허구이다.
열이 났다. 자취방으로 돌아와 캄캄한 방에서 인석이와 나의 운명에 대해 애를 태우면서 잠의 나락으로 떨어졌다. 며칠 후 인석이의 면회 간 일로 연행되었다. 인석과의 관계를 있는 그대로 진술했다. 결국 교수 몇 명에게 인계되어 속리산 호텔에 격리되었다.
— 당분간 너를 보호해주려는 거야.
건축학과의 체격 좋은 강 조교의 말이었다. 기관은 나에게 징집 명령을 내리지 않았다.
벌써 여러 날 동안 거북선을 그리지 못했다. 물감의 튜브를 끝까지 눌러 짜내도 물감은 나오지 않았다. 물감이 떨어졌을 때 나는 식량이 바닥 난 조선 수군의 난감함을 떠올리곤 한다. 그림을 그리지 못하는 동안 더러 학교 뒷산에 올라 석양에 물든 한강을 바라보았다. 차가운 대기 저편으로 새로 놓인 다리의 실루엣이 장엄했고, 여의도에 건설 중인 아파트는 새로운 풍경이 되어서 다가왔다.

이순신의 배를 한강에 띄워 보고 싶었으나 물감이 구해질 리가 없었다. 실기실의 쓰레기통을 뒤져서 쓰다 남은 물감을 모았으나 그것으로는 턱부족이었다. 겨우 짜낸 튜브의 물감이 굳어서 파레트에 오일을 붓고 나이프로 문질러 개었다.

채색화를 그리지 않는 동양화과 학생들은 먹과 붓만 있으면 되니 얼마나 좋을까 싶었다. 아카시아숲의 낮은 언덕의 철조망 너머에 동양화과 실기실이 내려다보였다. 무심코 보니 텅 빈 작업장에서 여학생 하나가 붓을 놀리고 있었다.

나의 눈은 저절로 그 모습을 쫓았다. 그때 장작을 때는 실기실의 난로 연통에서 연기가 피어오르는 것이 보였다. 화목난로 연통의 연기치고는 연기의 양이 제법 많았고, 연기의 색깔이 달랐다. 뭉개구름처럼 피어오르는 검은 연기 속에 불꽃이 섞여 있었다. 그러다가 삽시에 목조건물의 지붕에서 불길이 솟아올랐다. 그제서야 화재를 알아차린 학생이 퇴실을 서두르는 모습이 보였다.

이내 전등불이 꺼졌다. 나는 학교의 철조망을 넘어 구르듯 뛰어내려가서 실기실의 유리창을 통해 타들어가는 천정을 보았다. 불길은 연통의 끝에서 시작되고 있었고, 지붕으로 번져나갔다. 여학생이 비명을 지르며 우왕좌왕했다.
잠겨 있는 실기실 문은 내 힘으로 밀어지지 않았다. 다시 밖으로 나와 정방형의 격자창을 깨고 넘어 들어가서 여학생을 둘러업고 문을 빠져나와서 콘크리트 바닥에 내려놓았다. 그녀는 의식이 성한 채로 고쳐 앉아서 벌건 얼굴로 나를 올려다보았다.
— 천 교수님의 미인도가 불에 타요.
나는 다시 뛰어 들어가서 그 유명한 그림을 찾았다. 숨이 턱 막혔다. 불길은 위로 치솟고 있어서 아직 온전한 벽에 미인도가 걸려 있었다. 나는 그림을 떼어내 문을 향해 돌진했다. 매연으로 숨쉬기가 힘들다고 느꼈을 때 천정에서 판자 하나가 떨어져 내 등을 때렸다. 나는 쓰러지지 않았다. 심한 기침 소리를 토해내며 빠져 나오고 나서야 나는 기절했다.
머리에 들꽃을 꽂은 여인을 그린 미인도를 다시는 보지 못했다. 세브란스병원에서 깨어났을 때 폐가 손상된 것을 알았다. 병실 창 밖에서 겨울비가 내리던 날 이른 아침에 동양학과에서 병문안을 왔다. 파란색 점이 있는 흰색 실크 마후라로 얼굴을 감싸고 있는 여성이 가지런한 이를 드러내고 웃었다. 그날의 학생인지, 조교인지 알 수 없었다.
그녀가 화재가 난 달에 발행된 교지를 펼쳐 보였다. 나는 유명인사가 되어 있었다. 조교를 구하고 의식을 잃었던 회화과 이영수의 사진이 실려 있었다. 내 사진 옆에는 더 크게 미인도의 사진이 천

연색으로 인쇄되어 있었다. 꽃을 꽂은 여인의 눈은 우울하고 깊었다. 입학원서를 낼 때 사용한 내 사진은 빡빡머리 그대로였다.

당진 촌놈의 얼굴 사진 밑으로 불타버린 실기실의 잔해가 보였다. 자기는 동양학과의 조교 백현주라고 했다. 동양화 채색화의 거두 천 교수의 감사말씀을 전했다. 자기를 살렸다면서 부모님께서도 한 번 찾아오겠다고 말씀하셨다고 말했다.

그녀는 다시 오겠다고 하면서 분홍색 봉투 하나를 놓고 갔다. 구해주어서 고맙다고 써 있었다. 구구절절하지 않았다. 말미에 백현주라고만 써 있었다. 분홍색 봉투 속의 또 다른 흰 봉투에는 돈이 들어 있었다.

다음에 오면 돌려주어야겠다고 생각했다. 나는 본의 아니게 개입된 일로 인해서 얻어진 헐거운 여유를 잃었다. 학보사에서 인터뷰 요청이 있었고, 천 교수의 아들이 꽃을 사들고 왔다. 회화과 조교가 문병을 왔고, 학생회 간부들이 몰려와서 금일봉을 놓고 갔다. 영희도 다녀갔다.

현주는 매일 저녁 찾아왔다. 아버님이 함대에서 상륙하지 못하고 있다고 했다. 현주의 아버지는 해군 소장으로서 몇 안 되는 해군의 혁명동지였다. 백 소장은 혁명에 반대하지 않았다. 반대하지 않았으므로 혁명의 주체가 되었고, 주체세력이 되었으므로 예편되지 않았다. 적극적으로 가담하지 않았고, 적극적으로 반대하지 않았다. 반대하지 않은 것만으로도 실세가 되어 있었다. 함상에서의 관망이 백 소장의 운명과 인생의 여정을 조정했다.

영희에게 말해서 흰 봉투 속의 돈을 전부 인석이의 영치금으로 넣어주었다. 인석이는 춥고 또한 배가 고플 것이었다. 나는 겨울방학 동안 내내 병상에 누워 있었고, 인석이는 재판에 넘겨지지 않은 채로 유치장에 웅크리고 있었다.

나는 현주에게 부탁했다. 인석이를 빼내달라고 했다. 백 소장의 힘이라면 그게 가능할 것 같았다. 인석이는 주동자였으므로 빼내지지 않았다. 주동자일 뿐만이 아니라 사상을 의심받고 있었으므로 쉬운 일이 아니라고 했다. 손을 쓰는 중이니 좀 더 기다려 보자고 했다.

내가 퇴원할 때에도 인석이는 풀려나지 못하고 있었다. 풀려나지 못한 채로 사법시험에 합격했다. 당해 연도 최연소 합격이었다. 고시 덕분에 인석이는 택일을 강요받았다. 정식재판을 받을 것이냐? 군에 입대하겠느냐? 인석이는 둘 다 아니라고 고개를 내저었다. 생각해보겠다고 했다.

석 달을 더 버텼다. 인석이는 전향서를 써냈다. 장문의 서사였다. 문장의 논거가 정연하고, 또한 애절해서 검사들이 돌려가며 읽어보았다고 한다. 인석이는 좌익의 난 때의 시래기죽과 어머니의 익사와 아버지의 가출에 대해서도 기술한 다음에 전향의 증거를 써냈다.

인석이가 동아리 회원들의 명단과 행적을 적어내자 석방일이 삽

했나. 보호자로 되어 있는 영희가 제일 먼저 연락을 받았다. 나는 인석이의 반성문이 허위인지, 진실인지 알 수 없었다. 그들은 그것이 가짜라도 좋았을 것이었다. 다만 반성했으므로 풀려날 수 있었고, 논산훈련소로 보내지는 것으로 일단락되었다.

구치소에서 나오는 날 영희와 현주와 함께 철문 밖에서 기다렸다. 얼굴은 다소 여위었으나 건장한 체격은 여전했다. 술을 마시고 싶다고 했다. 나는 석방의 경위를 묻지 않았다. 인석이는 동지들의 명단과 행적을 적어낸 것을 후회하지 않았다.

— 얼마 전에 어머니가 다녀가셨어. 면회시간 내내 말씀하셨어. 아버지가 인민의용대에 들어간 것은 사상 때문이 아니라고. 분배받은 전답을 투전으로 다 잃고 나서 집으로 돌아올 용기가 나지 않았던 것뿐이라고. 우리가 이렇게 된 것도 좌익의 난 때문이라고 밤낮없이 생각했지. 한일문제로 촉발된 시위는 변질되어 가고 있어. 불안한 열정 속으로 좌익의 그림자가 파고들었지. 평등이니 정의니 하고 부르짖으면서 그 구호가 변해가는 거였어. 동아리마다 밤에 모여 학습할 때 선전선동을 위한 방법론을 두고 논쟁을 벌였지. 결론은 모택동의 전술을 흉내내는 거더라구. 싸우면서 협상하는 척하고 협상하면서 싸우는 거. 그리고 조직 내의 서열도 무서우리만큼 비정하지. 마치 북의 그들만큼이나. 네 말이 맞는 것 같아. 죽창으로는 도달할 수 없어. 낙후된 사회를 일거에 변화시키려면 강한 그 무엇이 필요한 거야. 4월의 끝처럼 무력해지지

않으려면… 나는 이제 바꾸겠어. 나는 어머니의 눈물에서 우리들 삶의 행로가 무엇 때문에 엉클어졌는지를 보았어. 연못에서 돌아가신 어머니의 죽음과 살아계신 당진 어머니의 기다림이 지난날의 지난한 역사라는 거. 더 이상 같은 일이 벌어져서는 안 돼. 시래기죽도 생각했어.

인석이는 족발을 뜯으며 연거푸 소주 석 잔을 들이켰다. 취기가 오르자 연거푸 소주잔을 기울였다. 여덟 잔이 나오는 소주병에서 인석이는 일곱 잔을 마셨고, 나는 한 잔을 마셨다.

— 군대는 안 가도 될 거야. 신청을 해봐야겠어. 나는 고아로 돼 있잖아. 영희야, 고맙다. 현주씨, 이 친구를 잘 보살펴 주세요.

— 영수는 아무것도 몰라. 살아가는 방법을.

아무것도 모른다는 말 속에 나의 고단함이 숨겨져 있었고, 난리통에 부대끼며 함께 살아온 피 다른 형제의 애정이 담겨 있었다. 인석이의 음성은 더 높아졌다. 홀 안의 테이블에 앉아서 술을 마시던 모든 사람의 눈이 이쪽을 향하고 있는 것 같았다.

— 혁명은 빈곤에 대한 반작용으로서만 당위성을 갖는 거야. 그런데 생각해보니 저들은 지금 계급투쟁을 하고 있어. 평등을 지향하는 목표는 그 자체가 허구야. 인류가 동일하게 소유한 적은 한 번도 없어. 그러므로 평등이란 단어는 무위의 동사야. 저들을 천재와 천치로 나눌 수 있지. 천재들은 백성의 나라가 도래할 것이라고 믿지 않아. 그들에게 있어서 백성은 국가의 백성인 거야. 저들

은 더 잔혹하고 손댈 수 없는 계급사회를 꿈꾸는 거야. 천재를 흉내낸 나르시시트(Narcissist)에 불과해. 천치들은 백성이 주인인 나라를 만들 수 있다고 착각하지. 백성의 나라는 존재하지 않아. 천재들에게 있어서 민주화는 공산화의 차용된 언어일 뿐인데 천치들은 그 숨은 그림을 몰라.

나는 인석이가 천재인지, 천치인지 구별할 수 없었다.

— 민주, 정의 따위의 이름을 붙인 조직은 사기를 치기 위한 이름의 또 다른 얼굴이야.

— 영수야, 네 말이 맞아.

「네 말이 맞는 것 같아」에서 이제는 「맞아」로 못 박았다. 인석이는 그렇게 말함으로써 변화된 자신의 신념을 더욱 다져나가고 있는 듯싶었다.

— 네 말이 맞아. 혁명이 지고지순하려면 빈곤에 대한 저항으로서의 역할뿐으로 족해. 네 말이 맞았어. 빈곤한 대중이 가진 것은 삽과 곡괭이뿐이지. 그것으로 총칼을 이길 수는 없어. 그래서 동학혁명은 순수하게 시작됐지만 그 끝이 허망했던 거야. 불타는 마음 그 하나는 아름다웠지만.

두서없는 말속에서 「네 말이 맞아. 네 말이 맞아」를 반복했다.

— 내일 신문기자들 앞에서 성명을 발표하겠어. 그리고 당진으로 내려가서 어머니를 뵈어야지. 군대를 안 가게 되면 사법연수원에 입소할 거구.

나는 인석이가 당진에 계신 어머니를 이토록 살갑게 부르는 것을 처음 들었다.
— 어머니는 너보다 더 나에게 잘해주셨어.
그리고 나서는 갑자기 생각난 듯 한마디를 덧붙였다. 그는 못 박았다.
— 무엇보다도 이 천치들은 천재새끼들한테 속아서 새 세상을 만든답시고 불 지르고 파괴하는 것으로 인정을 받으려는 거야.
영희와 현주는 깜짝 놀라 나를 바라보았다.
— 오빠.
영희가 낮은 목소리로 인석이를 불렀다. 인석이는 꾸중을 들은 아이처럼 말소리를 낮췄다. 어릴 적에 영희를 업고 등하교를 시킬 때부터 영희는 넓은 어깨를 가진 인석이에게 업히기를 좋아했고, 인석이는 무슨 말이던 영희의 말을 들어주었다. 인석이는 스스로를 억누르려는 듯 담배를 찾았다. 나는 입원해 있는 동안 시작된 금연을 그대로 유지하고 있었다.
소주를 한 병 더 시켰을 때 인석의 뒷자리에서 막걸리잔을 기울이던 두 사내 중 하나가 인석이 옆으로 다가와 선 채로 담배를 내밀고 불을 붙여주었다.
나에게도 담배를 권했다. 종로경찰서 정보과 형사들인데 합석하고 싶다고 했다. 영희와 현주가 자리를 옮기자 다른 테이블의 의자를 끌어당겨 자리를 잡았다.

— 군대문제는 저희들이 처리해보겠습니다.

이렇게 말하면서 소주 한 잔씩을 받아 마시고 일어섰다. 일어설 때 그들 중 한 명이 낮은 소리로 중얼거렸다.

— 이제 미행은 하지 않겠습니다. 연수원을 마치시면 검사님이 되시겠습니다.

담배연기는 나의 약해진 폐를 돌고 나와서 나를 어지럽게 했다. 고시합격이 그를 돌려놓았는지, 어머니의 눈물이 그를 깨웠는지 알 수 없었다.

나는 현주가 사다 주는 물감으로 그림을 그렸다. 새 물감을 튜브에서 짜낼 때 손끝은 부드러웠다. 거북선을 그렸다. 물감을 아끼지 않고 써서 그린 거북선의 그림은 화려했다. 그러나 마음에 들지 않는 색깔 위에 다른 색깔을 입힐 여유는 생각할 수 없었다. 이물의 호랑이 머리는 무섭게 보이지 않았고, 다만 용맹스럽게 보였다. 호랑이 머리를 용머리로 바꾸었다. 화포 구멍을 이물과 고물에 한 개씩을 그려 넣고, 좌현과 우현에 여섯 개씩 열두 개를 그렸다.

격군들의 노는 좌우에 여덟 개씩 배치했다. 그리면서 열여섯 개의 노로 철갑선을 움직여야 할 격군들의 힘겨운 어깨가 가여웠다. 나는 그 위대한 배의 노잡이가 되어 그 배를 떠나지 못했다. 용머리 하부에 돌출된 격파용 돌출부에 도깨비를 그렸다. 도깨비는 살아서 왜군을 잡아먹을 수 있을 것 같았다.

거북선을 먼저 그리고 나서 한강에 띄웠다. 그 뒤로 함대를 따르게 했다. 나는 이순신의 혁명을 그리려고 애썼다. 나는 노량 앞바다에서 전사한 이순신의 최후는 그리지 않을 것이었다. 퇴각하는 왜선과 정면으로 맞서다 죽은 충무공을 상상하기 싫었다.

도망가는 적들에 대한 복수는 무의미한 것 같았다. 죽여도 그들의 백성을 전부 죽여 없앨 수는 없을 것이었다. 그들 본토의 씨가 마르지 않는 삼백 년 동안, 불어난 종자는 또다시 한반도로 쳐들어올 것이었다. 왕은 무능한 데다가 간교하기까지 해서 신하들이 서로 헐뜯는 것을 부추겼다.

왜졸이 물러나고 나서 유성룡은 징비록을 써서 후회하고 경고했다. 그러나 지난날을 징계하여 뒷날의 근심거리를 삼가게 하려고 은둔하며 쓴 유성룡의 징비록으로 후대의 후환은 없어지지 않았다. 나름 피눈물로 적어 내려간 것이었으나 지난날의 회상에 불과했다. 그의 충심은 임금에게 닿아 있었으나 백성을 향하진 않았다. 이순신의 함대와 섞여서 새 왕조를 꿈꾸지도 못했다. 유성룡은 정도전이 못 되었다. 패하고 도주한 지방의 수령들과 장졸들을 나무라며 불충을 논했으나 이면의 병을 찾아내어 고치지 못했다. 임금을 향한 충심은 만고에 빛났으나 임금은 사화를 일으켜 사약으로 사직을 보존했다.

조정은 남(남인)과 북(북인)으로 나뉘었고, 동(동인)과 서(서인)로

찢겼으며, 늙은이(노론)와 젊은이(소론)로 갈라져서 서로 할퀴었다. 훈구와 사림으로 나누어 헐뜯었고, 대비와 중전의 뜰에 따로따로 줄을 섰다. 더 나눌 게 없을 때까지 쪼개고 반목했다.

장래를 준비하는 자가 없어서 오십 년이 채 지나기도 전에 호란을 당해 병자년에는 삼전도의 굴욕을 당했다. 그리고도 정신을 못 차린 왕조는 경술국치로 나라마저 잃었다. 징비록으로 달라진 것은 아무것도 없게 되었다. 그나마 유성룡이 사람 보는 눈은 있어서 이순신을 정읍 현감에서 빼내어 전라좌도 수군절도사로 삼은 것이 다행이었다.

삼백 년 동안 임금들은 자리를 보존하기에 급급했고, 신하들은 붓밖에 없었으므로 붓으로만 싸웠다. 붓 가진 자들은 그 붓으로 충을 써서 칼 찬 이들을 무력화시켰다. 칼을 찬 이들은 칼을 가졌기 때문에 무력했다. 충의 서열은 붓 가진 자가 우선해서 차지했고, 칼 찬 이들은 전사하고 나서야 겨우 충이 입증되었.

칼 찬 이들의 분노는 죽어서야 침묵 속에서 드러났으나 민초들의 들판에는 전해지지 않았으므로 5할이 넘는 백성은 노비처럼 버려진 채 풀잎처럼 누워 있을 뿐이었다. 그러므로 징비록은 무효였고, 기록물로서만 존재했다.

경술국치로부터 사십 년이 지나자 이번에는 생각이 다른 자들이 생각을 같게 한답시고 탱크를 몰고 내려와 「좌익의 난」을 일으켜서 동족 간에 피를 흘렸고, 민초들은 낙동강 아래까지 떠내려갔다. 외국의 군인들이 들어와 싸움을 말렸으나 난리통에 헤어진 가족은 죽을 때까지 서로 얼굴을 볼 수 없게 되었다.

나는 이순신 함대가 노량 앞바다를 돌아 종대로 늘어서서 서남해의 날 선 바위섬들을 헤집고 한강을 거슬러 도성으로 진격하는 그림을 상상했다. 한산도에서 왜군이 뭉쳐 들어올 때 학익진을 펼쳐 가슴에 품고 조여서 숨통을 끊는 그것은 바다에서의 일이다. 한강을 타고 올라와 뭍에서 조정의 계통을 끊었던들 고종과 같은 마지막 황제는 없었을 것이었고, 백성의 밥은 충분했을 것이었다. 그래서 나는 이순신이 노량에서 죽지 않고 살아서 도성을 향해 진격하는 함대를 그리고 싶었다.

나는 그림을 고쳐 그렸다. 맨 앞에는 백성의 배를 그렸고, 그 뒤로 병졸의 판옥선을 배치했다. 판옥선 후미에 대장선을 나타냈고, 끝에 거북선을 배치했다. 도성에는 부숴야 할 배가 없었으므로 맨 끝에 배치함으로써 거북선의 크기가 클로즈업되었다. 고니시의 왜졸을 물리친 권율 장군의 행주산성을 왼편에 그려 넣었다.

마포나루에서 삼전도까지 3열 종대로 늘어선 함대의 깃발은 화려했고, 창검은 빛났으며, 행렬은 장엄했다. 한강변의 육지에는 아파트를 그렸으나 그것은 실루엣으로 처리했다. 함대와 아파트는 서로 조화롭지 못해 실루엣을 더 깊은 안개 속으로 밀어 넣었다.

나의 그림은 사실적이었다. 극한의 사실로 색을 입힌다고 해도 사진과는 다를 것이었다. 터치는 사실에 충실했으나 발상과 구도는 초현실적이었다.

학부의 학과장은 구상계열과 추상계열의 교수들이 번갈아가며 맡고 있었고, 구상계열의 학과장일 때는 사실적인 작품에 좋은 학점이 주어졌고, 추상계열의 교수가 학과장일 때는 추상화가 좋게 평가되었다. 학과장이 바뀔 때마다 작업실 그림 분위기가 달라졌다. 추상화를 그리는 이들은 구상화는 사진 같아서 그림 같지 않다고 했고, 구상 쪽 학생들은 추상화를 색깔의 나열에 불과하다고 평했다. 구상이건 추상이건 줄을 타지 않으면 미술계로 진출하기 어려웠고, 강사 자리도 얻기 힘들었다. 나는 그들의 논쟁에 끼어들지 않았다. 나는 지도교수에게 보이지 않았다.

나는 사실대로 스케치했으나 색깔이 사물과 일치하는지는 확신할 수 없었다. 서남해의 짠물에 젖은 배와 바닷바람에 바랜 깃발의 색상이 실제로 그러한지는 알 수 없었다. 그림이 완성된 날 현주가 와서 학교 앞 교외선 철길가에 있는 포장마차 집에서 독한 술과 곱창을 사주어서 마시고 먹었다.

그림의 제목을 두고 의견이 엇갈렸다. 나는 도성으로 가는 거북선이라고 했고, 현주는 진격의 함대라고 했다. 결국 진격의 거북선으로 정했다. 다시 거북선이라는 세 글자를 떼어내고 「진격」이라고만 썼다.

실기실로 돌아와 화재사건 이후, 화목난로 대신 석탄난로로 바뀐 난로에 불을 지피고 잠을 청했다. 나체 그로키를 연습할 때 여성

모델이 사용하던 군용 담요에서 분 냄새가 났다. 그날 다 커서 처음으로 아버지를 그리며 울었다. 어머니의 거친 손마디를 생각하며 울었다. 이순신의 혁명을 생각하며 울었다. 혁명 그 자체를 그릴 수는 없었다.

매일 밤 모델의 담요를 뒤집어쓰고 잠든 날의 새벽에 한기로 떨었다. 깨어나서 텅 빈 교정의 수도꼭지에 입을 대고 냉수를 들이켜 빈속을 채웠다. 점심에 분식집으로 현주가 뛰어 들어와서 일간지를 내밀었다. 문화면 상단에는 이영수의 「진격」 대상 당선이란 제목이 달려 있었고, 그림 사진이 실려 있었다.

기자들은 그림을 그림으로 보지 않고 그림 속에서 숨은 이야기를 찾고 있었다. 나는 그들의 상상력을 탓하고 싶지 않았다. 대상이었으나 아직 대통령은 없었다. 현주는 나보다 더 좋아했다. 그날 분식집 아주머니는 라면값을 받지 않았다.

혁명의 주체들은 그림의 발상에 주목했다. 문교부를 장악한 사복의 장성이 윗선에 보고했고, 윗선에서는 그 그림의 의미를 알아보라고 하명했다 한다. 그들은 한강을 거슬러 진격하는 이순신의 함대와 오월에 한강 다리를 건넜던 자신들의 거사를 등치시키는 것 같았다. 그러나 나의 그림은 그들의 혁명을 그린 것은 아니었다.

어쨌든 수상 덕분에 나는 일시적으로 부유해졌다. 상금을 받았고 세계일주 여행을 위한 경비 일체를 지원받았다. 또 하나의 봉투에 국가재건최고회의 의장의 금일봉이 담겨 있었다.

그러나 나는 세계일주 여행을 가지 않았다. 그 비용으로 두세 학기는 더 버틸 수 있을 것이었다. 나는 여행 리포트를 적당히 쓰고 그녀시 제출했다. 멕시코의 마야 아즈텍, 잉카문명을 책에서 찾아 약술하고 석조건축의 경이적인 기술에 감탄했다고 적었다. 그리고 보지도 못한 멕시코의 강렬한 태양이 향후의 그림에 도움이 될 것 같다고 첨언했다.

독일의 성을 몇 개 그렸고, 돌산의 정상에 자리 잡은 성내의 우물은 돌을 떨어뜨렸을 때 몇 분 후에야 물에 부딪히는 소리가 들려서 그 깊이를 헤아릴 수 없었다고 현주가 해준 말을 옮겼다.

로마 베드로 성당의 광장을 그렸고, 파리의 에펠탑에 관해 아는 척을 했다. 에펠이라는 사람이 설계한 철 구조물인데 처음에는 흉물이라는 평가를 받다가 이제는 명물이 되어 관광객의 발길이 넘친다고 적어냈다. 로트렉이 드나들며 무희를 그렸던 카페에서 맥주도 한 잔 마셨다고 사실감을 보탰다. 출발 전에 제출했던 여행계획서에는 없는 내용이었다.

여행지를 돌아보며 느낀 소감 옆에는 그림을 스케치해서 그럴듯한 보고서를 만들었다. 문교부에 파견된 문관들은 까다롭게 따져 묻지 않았다. 선이 굵은 이들이었다. 없는 사진을 첨부할 수는 없었다.

세 학기를 마치고 육군에 자원입대했다. 어머니에게는 현주의 주소를 알려주고 입대 사실은 전하지 않았다. 부대 배치를 받고 나서 일병으로서 월남전 파병부대에 지원했다. 현주에게 말하지 않았다. 만약을 위해 영희에게 말할 때 어머니에게는 알리지 말라고 당부했다.

나는 나머지 세 학기의 학비가 베트남의 전쟁터에서 벌어지기를 바랐다. 수송선에 오르던 날 많은 부모형제들이 그들의 아들들에게 손을 흔들어 작별했다. 더운 나라의 뜨거운 태양이 이글거렸다. 사령부 연병장에 줄지어 선 모든 병사의 등줄에 땀이 흘러내려 군복을 적셨다.

대위가 내 이름을 호명하고 열외로 전면에 세웠다. 수백 개의 눈동자가 나를 바라보았다. 나는 내가 왜 첫 번째로 호명되어 그들 앞에 서게 되었는지를 알 수 없었다. 대위는 요리사 출신을 찾았고 이발사를 찾았다. 막사를 지을 목수를 물색한 다음 사진 잘 찍는 놈을 구했다.

키가 작은 병사가 손을 들었다. 키 작은 녀석이 내 옆에 섰다. 그는 카메라를 만져본 적이 없다고 중얼거리며 겁먹은 표정을 지었다. 수백 개의 눈동자는 더 이상 부르지 않는 대위의 입을 바라보며 좌절했다.

부대 배치가 생사를 가를 수도 있다는 것을 멀미가 나는 배 속에서 나이 먹은 하사가 말하는 것을 들었다. 부대 배치가 끝나고 대위가 키 작은 상병 동현에게 다가올 때 카메라가 있다고 대답하라고 귀뜸해주었다. 참모장 소 장군의 부관실 옆이 우리의 숙소였다. 장군은 좌익의 난 때에 소위로 싸웠다.

동현은 장군의 당번병이 되었고, 나에게는 전쟁화를 그리고 브리핑 차트를 쓰라는 임무가 주어졌다. 나의 글씨체는 그림 같아서 난감했다. 동현이가 차트용 글씨체를 가르쳐 주었다. 동현의 글씨는 선을 긋지 않고도 가지런했고 크기가 같았다. 차트에 쓰기 전에 일정한 간격으로 줄을 그은 종이를 밑에 깔고 비치는 줄을 따라 쓰라고 일러주었다.

나는 종가에서 거북선 그림 사진을 찍던 아사히 팬탁스로 사진 찍는 기법을 가르쳤다. 중심이 되는 피사체의 위치를 가르쳤고, 빛의 크기를 가르쳤으며, 멀고 가까운 것을 가르쳤고, 선명하게 나타나야 하는 것과 희미하게 처리해야 할 때의 조리개를 조절하는 방법을 가르쳤다. 동현은 영악해서 쉽게 따라왔다.

마지막으로 금기사항을 일러주었다. 절대로 장군의 몸이 잘려 나가는 구도를 잡지 말라. 클로즈업할 때는 얼굴만을 강조하라. 상반신을 찍는다고 다리를 잘라서는 안 된다. 부관은 그의 사진에 만족했다.

동현이는 장군의 동선에 따라 카메라를 메고 함께 기동했다. 나는 부관에게 그림 도구 일체를 청구했다. 리스트를 작성해서 제출하라고 했다. 그가 모르는 용어는 사용처를 비고란에 적어주었다. 미제 물감과 그림 도구를 챙겨주면서 부관은 첫 번째 오더(Order)를 내렸다. 오더를 내릴 때 짜빙통 전투의 기록을 함께 주었다.

기록을 되풀이해서 읽어보았으나 그림이 그려지지 않았다. 그 전투의 의미는 이해가 되었으나 전투 장면은 쉽게 떠오르지 않았다. 부관은 나에게 짜빙통 전투의 사진 몇 장을 보여주었다. 전투기록에서 포인트를 찾아내야 했다.

나는 요약했다. 날씨는 2월의 건기로 초승달이 뜬 밤에 안개가 끼었고, 가랑비가 내리는 날이었으며, 베트콩은 여단 병력으로서 2,400명이고, 아군은 장교 열 명과 사병 284명의 중대 병력이다. 중대장은 정경진 대위, 관측장교는 김세창 중위, 전술기지는 타원으로 만들어졌고, 기지 둘레는 800여 미터, 지휘 본부는 나뭇가지를 덮어 위장했고 교통호가 있다. 중대와 돌산 사이에 냇가, 상병 하나와 기관총 사수가 돌진해오는 적을 껴안고 자폭, 한밤중에 적의 기습으로 시작된 전투는 아침에서야 끝이 난다. 날이 밝아 수색한 결과 적은 200여 명의 사상자와 다수가 무기를 버리고 퇴각한다. 아군은 열다섯 명이 전사하고 삼십여 명이 부상을 입는다. 부관이 가끔 들려서 그림의 진척상황을 물었고, 그때마다 C레이션 박스를 갖다 주었다. 나는 초콜릿만을 꺼내 먹었고, 담배는 동현에게 주었다.

승전의 광경은 아득했다. 자폭으로 산화한 병사를 중심으로 그리는 것은 패배한 모습일 수 있었다. 몸이 조각난 자의 장렬한 죽음은 그려질 일이 아니었다.

나는 두 점을 그리기로 마음먹었다. 죽는 순간까지 기관총의 방아

쇠를 당기고 있는 병사의 용맹함을, 또 하나의 캔버스에는 퇴각하는 적을 섬멸하는 장면을 그렸다. 조명탄 아래에서 퇴각하는 적의 모습은 전체의 한 부분만이 보였다. 조명탄 아래에서 전투의 전모는 그려지지 않았다. 용맹함을 표현할 때 초승달은 희미했고, 관측장교의 통신 모습은 다급했다. 퇴각하는 적을 그릴 때 지휘하는 정경진 대위와 환호하는 병사들을 표현했다. 타원형의 전술기지는 배경으로 삼았다.

두어 달 동안 그린 그림의 마지막 손질을 하고 있을 때 부관이 와서 보고 그림이 좀 작다고 말했다. 부관이 200호짜리 대형 캔버스를 구해왔다. 캠퍼스 뒷면에 메이드 인 아메리카라고 찍혀 있었다.

두 번째로 투코전투의 자료가 넘어왔다. 쉽게 그렸으나 짜빙통 전투 그림보다 더 생동감이 없었다. 전투에 참가하지 않은 사람이 전투장면을 그리는 것의 한계는 뚜렷했다. 추측과 상상으로 표현하는 긴박감의 질은 낮았다. 달리 방법이 없었다. 부관한테 전술기지에 파견해 달라고 청을 넣었으나 들어주지 않았다.

— 네가 죽게 되면 내가 다쳐.

장군과 부관이 함께 외출한 날, 동현이 부관의 방을 청소하다가 바닥에 떨어져 있는 사진 몇 장을 주워 왔다. 끔찍한 장면이었다. 시체들 사진이었다. 대부분 노인과 어린이였고, 임산부처럼 보이는 여성도 있었다. 가슴이 도려내진 여성의 사진도 있었다. 불탄 마을 곳곳에는 가축들이 널브러져 있었다. 머릿속이 하얘졌다.

사진을 빨리 제자리에 갖다 놓으라고 말했다. 동현은 부관의 책상 위에 놓고 돌아왔다가 다시 가서 파일에 넣고 표지를 닫았다. 모두를 대놓고 말하는 사람은 없었지만 얼마 전부터 영내의 분위기가 심상치 않았다. 어느 나라의 소대인지는 몰라도 수색 중에 마을 쪽으로부터 날아온 총탄에 병사 하나가 쓰러지자 마을 전체를 공격했는데 베트콩은 이미 사라졌고 애매한 민간인만 죽었다.

사이공 신문에 보도되었고, 베트남 정부는 미군에 항의했다. 미군은 월맹군의 소행이라고 했고, 한국군은 베트콩의 자작극이라고 했다. 하노이는 세계의 여론과 미국 의회의 철군파들을 부추기기 위해 절치부심하고 있는 터여서 그것이 자작극의 배경이 되었다. 옆 마을의 민간인들은 현장과 멀지 않은 숲에서 한국군을 보았다고 증언했다. 숲에서 보았다는 증언과 마을의 민간인을 무차별로 사살하는 것을 목격했다는 말의 차이는 워싱턴과 하노이의 거리보다 더 먼 것이었다. 모든 전쟁이 그렇듯, 이 가엾은 민족의 전쟁 또한 날조와 탐욕의 산물인 것이어서 행위의 결과는 존재했으나 그 단서는 은폐되었거나 변질되었을 수도 있을 것이다. 진실이야 어찌 되었던 간에 70여 명의 민간인들이 칼에 베이고 총에 맞아 죽은 것은 사실이었다. 확고한 증거를 확보하기 위해서는 마을의 모든 생명을 관통한 총알의 생산원점을 규명하면 될 일이었으나 그것은 분명해질 수 없는 상황이었다.

미군은 미국의 총알을 무한대로 퍼부었고, 숲속의 전사들과 지원국 병사들 또한 미군의 총알로 무장되어 있었다. 숲속에서 보이지 않는 곳으로부터 공격을 받고 급히 산개할 때에 탄창박스를 전부 챙길 수는 없는 지경이었고, 개봉되지 않은 박스는 전사들의 소유가 되었다.

미군과 한국군과 베트콩은 같은 소총과 같은 총알로서 피아를 겨냥했다. 같은 무기를 사용할 때 숨어서 쏘는 자가 늘 유리할 것이었다. 숨었으므로 보이지 않았고, 보이지 않았으므로 조준할 수 없었다.

헬리콥터의 지원을 받아 수색대가 전진할 때 땅굴로 사라진 적의 흔적은 찾아지지 않았다. 땅굴을 소탕하면 그들은 민간에 섞여서 농사를 지었다. 농사짓는 농부의 가슴에 계급장이 달려 있을 리 없었다. 그러므로 사방이 적이었고, 전사와 농부의 경계선은 보이지 않았다.

극심한 공포에 사로잡힌 키 큰 병사들의 행위인지, 복수심에 불탄 지원국 병사의 우발적 행동인지, 전사들의 자작극인지 알 수 없는 일이었다. 살아남은 것은 한두 마리의 개들뿐이었으므로 개에게 그 참혹상을 증언하게 할 수는 없는 노릇이었다.

호치민의 정규군은 아직 먼 곳에서 작전 중이었기 때문에 그들의 총알이 그 마을까지는 도달할 수 없을 것이었다. 미군은 조사단을 파견하여 정밀하게 따졌으나 누구누구의 짓이라고 단정할 수 있는 논거가 빈약했고, 또한 누구의 짓이라고 말할 수 있는 처지도 못 되었다.

호치민은 미국의 민심을 움직이고 싶어 했고, 베트콩은 인민의 분노가 자극되기를 원했으며, 한국군은 나름대로 백성의 농사일을 도우면서 의심을 떨쳐내려고 땀을 흘렸다. 각자가 각자의 위치에서 만든 논리는 그 사건 자체보다 주변 논리로 비약되기 마련이었다.

전후에 한국의 인권시민단체는 마을 입구에 위령비를 세웠지만 그들 또한 좌익의 깃털들로서 지난 일을 부각시키려 했으나 40여 년 전의 참상의 원인을 밝혀내지 못했다.

대개의 시민단체는 저들의 입지를 드러내는 일에 우선을 두었기 때문에 주목을 받지 못했다. 불순한 의도가 감추어진 선행으로 억울한 영혼이 위로될 리는 없었다. 위령비는 사실에 입각하지 않았고 잔혹함을 노출시켰을 뿐이었다. 월남 참전 전우회에서 항의했고, 고엽제 전우회에서 성명을 냈다.

사진을 본 밤마다 잠을 자지 못했다. 귀국이 간절했으나 예정된 날짜는 아직 많이 남아 있었다. 승리한 전투들의 자료를 계속 넘겨받아서 전쟁화를 그렸다. 승리한 전투들을 그렸고, 패배한 전투들은 그리지 않았다. 그러므로 나는 패한 전투의 모습이 어떠한지는 알지 못한다.

퐁니, 퐁넛 마을의 사진을 다시는 볼 수 없었으나 그 사진의 장면들이 머릿속에서 지워지지 않았다. 인간의 잔인함, 그 끝이 어디인지 짐작할 수 없었다. 죽어가는 사람의 공포가 어린 눈이 내 뇌리에 그대로 박혀 있었다.

…… 가슴이 도려내진 채로 하루를 더 살아서 숨 쉬는 동안 무슨 생각이라도 했을까? 쇠붙이가 몸을 관통할 때 그것은 뜨거웠을까? 뜨거운 느낌이라도 있었을까? 아이가 총을 맞고 튕겨 나갔을 때 어머니의 뇌는 어떻게 작동하고 있었을까? 피 흘리며 쓰러진 아버지 위에서 울부짖던 아이는 죽음의 차례가 자신에게 오고 있다는 것을 알았을까?

상념이 꼬리를 물 때마다 나는 귀를 잘리고 코를 베이던 왜란 때의 조선 백성의 모습이 겹쳐졌다. 나는 승리한 전투의 그림을 그리는 동안 간간이 사진의 모습들을 스케치했다. 20호 정도의 캔버스에 밑그림을 그리는 동안 부관은 외출하고 없었다.

부관이 그림을 외면한 것이 아니라 부관이 없었을 때만 그렸다. 20호의 캔버스에 모두 담기는 어려워서 두 개를 붙여 그렸다. 20호의 크기는 귀국 배낭에 들어갈 만했다. 동현이가 먼저 귀국할 때 카메라를 돌려주었으나 받지 않았다.

그는 미군부대 PX에서 비디오카메라를 사서 나에게 주었다. 끝내 전투부대로 전출되지 않았으므로 비디오로 찍을 것은 아무것도 없었다. 동현이와 헤어지는 날 서로의 주소를 주고받을 때, 사진에 대해 누구에게도 말하면 안 된다고 다짐받았다. 그는 그것에 관심이 없었다.

귀국 배낭에 짐을 싸기 전에 학살의 그림 위에 푸른색으로 엷게 덧칠했다. 푸른색 속에서 죽은 사람들이 살아나 울부짖었다. 지우지 말라고 아우성치는 것 같았다. 여름에 귀국하고 가을에 복학하여 세 학기를 채우는 동안 제대할 때 갖고 나온 군복을 검게 물들여 입었다. 물들일 수 없는 정글화는 국방색 그대로였다.

퐁니, 퐁넛 마을의 그림을 복원하였으나 아무에게도 보여주지 않았다. 죽어가며 흘리는 피는 절명하고 나서도 몸을 적시는 것인지, 체내에 남아서 굳어져 가는지 알 수 없었다. 현주도 보이지 않아서 딱히 보여줄 사람도 없었다.

졸업작품으로 제출할까도 생각했지만 용기가 나지 않았다. 복원한 그림 위에 또다시 푸른색으로 덧칠했다. 실기실 복도에서 일년여의 병가 끝에 복직한 현주와 마주쳤을 때 그녀는 외면했다. 나는 몇 걸음 쫓아가다가 그만두었다. 졸업작품으로 명량의 전투를 그리려 했으나 참상의 장면이 눈을 가려 착수가 되질 않았다. 나는 노량의 바다는 그리지 않을 작정이었다. 이순신이 전사한 바다를 그리고 싶지 않았다. 무엇보다도 나는 그가 그 바다에서 죽었다는 사실을 믿을 수 없었다. 캔버스에 더 이상 무엇을 그려야 한다는 것에 실증이 났다.

불타 없어진 동양학과 실기실을 재건축하는 공사장에서 거푸집으로 사용하던 합판 한 장을 가져왔다. 공사장 주변을 어슬렁거릴 때 불길 속에서 우왕좌왕하던 현주의 모습이 어른거렸다. 합판 한 장을 세워 표면의 소나무 무늬결을 살펴보고 있을 때 현주가 조용히 다가왔다.

— 안 보이시고 난 후부터 여러 달을 시름시름 앓았어요.

현주의 한마디였다. 병명도 묻지 못한 채 선뜻 할 말이 떠오르지 않았다. 그녀는 최고회의 의장상을 받았을 때 내가 사주었던 스카프를 쓰고 있었다. 구슬만 한 크기의 빨간 점박이가 있는 실크 스카프였다.

가로 석 자, 세로 여섯 자의 온전한 합판을 팔을 벌려 혼자 들기에는 버거웠다. 들었다가 세워놓자 그녀가 거들었다. 「괜찮아」라고 말했을 때도 검은색 가죽장갑을 낀 그녀의 손은 합판을 놓지 않았다. 실기실까지 오면서 서로 아무 말도 하지 않았다.

합판을 벽에 기대어 놓고 나서야 나는 몇 달 되었다고 1년을 줄여서 말했고, 그녀는 알고 있었다고 대답했다. 나는 더 이상 길게 지난 일을 설명하지 않았다. 그녀 역시 아직은 조교를 벗어나지 못하고 있다는 말 외에는 그간의 삶에 대해 말하지 않았다.

돌아서기 전에 하얀 손을 내밀어 편지 묶음을 건네주었다. 편지를 읽고 있을 때 그녀가 다시 돌아와 난로에 불을 지펴주고 조용히 떠났다. 여러 통의 편지 중에서 어머니와 인석이의 편지만 남기고 난로에 던져넣었다. 동현의 편지는 불에 타고 있었다.

어머니는 편지에서 중언부언하지 않았다. 어머니의 편지에서 볏

짚 냄새가 나는 것 같았다. 할머니가 돌아가셨고, 인석이가 내려와 상주 노릇을 했다고 쓰여 있을 뿐, 영희가 말했을 나의 행방은 쫓고 있지 않았다.

인석이의 편지내용은 상세했고, 활기가 넘쳐나고 있었다. 검사가 되었고, 서울 중앙지검에서 근무하고 있다고, 결혼도 했다고, 영희에게서 네가 베트남에 갔다고 들었다고 귀국하면 속히 연락하라고, 석방되던 날 갔던 족발집에서 소주 한 잔 해야 한다고 쓰여 있었다. 인석이의 편지에는 입신양명의 분위기가 풍겼다. 전화번호도 적혀 있었다.

발신날짜가 오래되어서 나는 답장하지 않았다. 석탄난로에 손을 녹이고 나서 10센티미터 간격으로 세로로 선을 그어 아홉 쪽의 송판을 그렸다. 합판에는 없는 옹이도 그려 넣었다. 합판의 나이테는 아홉 폭으로 나뉘어졌고, 나이테를 쫓으며 색을 입혀나갔다.

나는 거북선의 격군들이 딛고 섰던 배의 바닥을 그리려고 애썼다. 배고픔은 여전해서 그때마다 석탄난로 위에서 끓고 있는 더운물을 마셨다. 물감은 부관이 사준 것이 남아 있어서 다행이었다. 막상 합판에 칠해보니 생각보다 많이 소모되었다. 나이테의 선을 선명하게만 하면 되는 것일 뿐이어서 그림의 완성이랄 게 따로 없었다. 붓을 놓는 날이 완성일일 것이었다.

늦은 밤에 현주가 김밥을 갖고 와서 혼자 먹을 때 그녀는 바라보고만 있었다. 직접 만든 것이라 했다. 헝겊 가방 속에 들어 있던 김밥 속의 밥이 아직 따뜻해서 방금 만들어진 것을 알았다. 나는 간이의자에 앉아서 그림을 보고 있는 그녀의 양볼을 손에 쥐고 눈동자를 내려다보았다. 그녀는 울고 있었다. 눈물의 의미가 재회에 있는 것인지, 가난한 나에 대한 연민인 것인지 알 수 없었다.

나는 전자이기를 바랐다. 나는 엄지손가락으로 그녀 눈가에 서려 있는 이슬을 닦아주었다. 나는 그녀를 세워 이마에 키스했다. 내 입술은 그녀의 입술로 향했다. 그녀는 화들짝 놀라 실기실 문을 소리 내어 닫고 나가버렸다. 성욕은 굶주림 속에서도 살아 나를 괴롭혔다. 나는 후회했으나 반성하지는 않았다. 사랑의 의미는 나에게 와닿지 않았다.

나이테와 나뭇결의 단순함을 단조롭지 않게 하기 위해 더 그려 넣을 무엇도 구상할 수가 없었다. 뱃바닥의 송판은 송판일 뿐이었다. 의식의 벽에 막혀 허우적댈 때마다 도망치듯 뛰쳐나가던 그녀의 뒷모습이 어른거렸다. 빨간 점이 있는 스카프를 쓴 그녀의 모습이었다. 그때 빨간 점 하나가 풍선처럼 불어나서 내 눈에 들어왔다.

나는 가로 석 자로 눕혀 있는 그림을 여섯 자의 세로로 세워놓고 한가운데다 원을 그렸다. 그리고 원 속을 빨간색으로 채웠다. 빨간색 속에서 나뭇결은 그대로 살아서 생생했다. 동기생들은 낮에 그렸고 저녁에 퇴교했다.

그들은 날마다 변해 있는 나의 그림을 보고 의아해했다. 추상도 아니고 구상도 아닌 것에 붙일 이름은 없었다. 그림이 완성된 날 저녁에 현주가 왔을 때 겸연쩍어서 나는 난로 속 석탄의 불덩어리를 쇠 부지깽이로 쑤셨다. 그녀는 밝았고 태연했다.
현주는 손잡이가 달린 대나무 소쿠리에 덮여 있던 천을 걷어냈다. 그릇에서 김이 났고, 오뎅국물이 넘쳐서 보자기가 젖었고, 나는 서서 따뜻한 국물을 마셨다. 그녀는 그림 앞에 서서 등을 보인 채 말했다.
— 일장기를 그린 거예요?
나는 그녀를 돌려 입을 맞추었다. 보드라움이 가득했다. 가슴으로 손이 가지 않았다. 나는 또다시 그녀가 가버릴 것 같아 초조해했다. 나는 그녀가 보는 앞에서 빨간색 원 속에 화살 석 대를 꽂아 넣었다. 화살의 그림자를 그려 넣자 화살이 더 선명하게 드러났다. 퇴각하는 왜장 고니시 유키나가의 심장에 꽂아 넣은 화살 석 대는 꽂힐 때처럼 부르르 떨고 있는 것 같았다. 거북선의 선실 내 바닥은 없어졌다.
제목을 정하자고 했다. 현주가 제안한 「일장기에 꽂힌 화살 석 대」는 서사였다. 현주가 내 볼에 가볍게 입을 갖다대고 돌아간 후 나는 이 상황을 어떻게 받아들여야 되는 건지 그림 앞에서 멈춰 오랫동안 서 있었다.
장황한 글자를 지우고 「과녁」이라고만 써서 제목을 달았다. 압록강을 떼 지어 넘어오던 구더기가 과녁이 되었건, 좌익의 날개가 과

녘이 되었건, 왜장이 과녁이 되었건, 숲속의 전사가 과녁이 되었건 그것은 보는 이의 자유였다. 바람 불고 고단한 세상에서 저마다의 과녁은 저마다 다를 것이었다.

「과녁」은 회화과 졸업작품 중에서 최고점을 받았다. 학과장은 자네다운 그림이라고 했으나 나는 나다운 것이 무엇인지 알 수 없었다. 교직과목을 이수한 동기들은 중고교에 교사로 임용되어 나갔다. 담당교수가 따로 불러서 조교로 남아 있지 않겠느냐고 물었으나 대답할 수가 없었다. 심신이 지쳤고 기력은 바닥이 나서 당진의 어머니 품으로 돌아가고 싶은 마음뿐이었다.

내려가기 전에 인석이를 만나 족발을 안주 삼아 소주를 마시고 싶었다. 졸업 전날 현주가 사다준 카키색 면바지를 입고 아이보리색 점퍼를 입었다. 목덜미의 깃이 반들해진 군복을 석탄난로에 집어 넣어 버렸다. 그림 도구들도 모두 난로에 넣어 태워버릴 때 현주의 얼굴은 굳어 있었다.

호텔의 사은회장에서 3년 차이가 나는 동급생들과 어울려지지가 않아서 조용히 빠져나왔다. 호텔 문을 나서자 찬바람이 눈을 몰고 왔고, 눈보라 속을 걸을 때 눈은 내 어깨에 쌓였다. 남대문을 지나 서울역으로 향하는 길 위에서 나는 기진맥진했고 쓸쓸했다. 하얀 눈이 상점의 간판을 덮었으나 눈 속에서 사람들의 발걸음은 가벼웠다.

레코드 가게에서는 동현이 친구인 창식이의 「하얀 손수건」이 흘러나왔다. 명동의 술집에서 부르는 창식이의 노래는 더 넓은 세상을 향하여 울려 퍼지는 중이었다. 나에게 하얀 손수건을 흔들어줄 사람은 아무 데도 없었다. 동현이는 나를 데리고 갓 데뷔한 창식이에게 찾아가서 사주는 맥주를 얻어 마셨다. 그도 배고픈 청춘이었으나 친구들을 내치지 않았다.

밤의 역사 안은 냉기가 돌았다. 세 시간도 더 남은 야간 기차표를 끊고 차가운 나무 의자에 앉아서 눈 내리는 창밖의 풍경을 바라보고 있을 때 역사로 들어서는 현주의 모습이 눈에 들어왔다. 빨간 점박이 스카프는 녹는 눈에 젖어 있었다. 그녀가 다가와 내 옆에 앉을 때까지 나는 시선을 피했다. 그녀는 사은회장까지 찾아갔다가 여기까지 왔노라고 했다.

― 이대로 헤어지면 다시 못 볼 것 같아서…

그녀는 말끝을 흐렸다.

― 한 잔 마시고 싶어.

포장마차로 가는 동안 나는 그녀에게 기댔다. 현기증이 났고 쓰러질 것 같았다. 모든 게 끝난 것 같은 무력감이 엄습해왔다. 소주 한 잔에 온몸이 부르르 떨렸다. 우동의 면발이 목구멍으로 잘 넘어가지 않았다. 현주는 자기 몫의 기차표 한 장을 더 끊었다. 그녀는 나에게 혼자서 못 갈 것 같다고 말했고, 나는 혼자서 갈 수 있다고 말했다.

― 아직 시간이 많이 남았어요.

역에서 나와 우리는 무언가를 찾았다. 누가 먼저랄 것도 없이 모텔 간판을 향해 손을 잡고 걸어갔다. 길을 건너는 시간이 길게 느껴졌다. 그녀의 따뜻한 몸과 나의 차가운 몸이 합쳐졌을 때 나는 그녀 위에서 힘겹게 살아났다. 그녀는 뜨거운 태양이 되었고, 빛의 입자들은 은하수의 별이 되어 나에게 쏟아져 내렸다.
나는 그녀 이마의 땀을 입술로 핥아주었다. 땀에 젖은 긴 머리단에서 단내가 났다. 「기차시간이 다 됐어」라고 말하면서 일어설 때 하얀 시트 위에 이슬에 젖은 그녀의 연분홍 꽃이 피어 있었다. 현주는 시트를 당겨 그것을 가렸다. 그녀의 양볼은 붉게 물들어 있었다.

완행열차 속에서 사람들은 저마다의 시름과 짐보따리를 안고 자리를 잡았다. 사람들의 체온이 모여 차창으로 몰려가서 서리가 내린 것처럼 김이 서렸다. 나는 손바닥으로 닦아내고 눈 내리는 창밖을 바라보았다. 가로등 불빛에 부딪치는 눈발이 명멸했다. 살려달라고 아우성치는 조선 백성의 몸부림 같았다. 문득 그것은 울부짖는 퐁니, 퐁넛 마을 사람들의 외침 소리로 다가왔다.
나는 잡념을 쫓아내려고 손아귀에 힘을 주어 잡고 있던 현주의 손을 끌어당겼다. 차장에 반사된 옆얼굴은 스카프로 가려져 있었으나 커다란 눈동자와 마주쳤을 때 나는 모처럼 웃어 보였다.
그녀는 나의 손에서 손을 놓지 않고 있었다. 기차의 무쇠 바퀴가 철로에 닿는 마찰음이 날 때까지 그녀의 어깨에 기대어 깊은 잠이 들었다.

7년 만에 다시 밟는 고향 땅은 눈속에 묻혀 보이지 않았다. 변해 있는 것인지 어떤지 알 수 없었다. 한 자 세 치보다도 더 내린 눈으로 논밭의 두렁과 길은 구분되지 않았다. 발자국도 없는 새벽의 십오 리를 무릎까지 빠져가면서 겨우 어머니 계신 곳에 당도했다. 대문을 두드릴 때 할머니의 음성은 들릴 리가 없었고, 어머니는 놀랐으나 내색하지 않았다. 영희가 구르듯 달려 나왔다.

— 언니, 잘 됐어요.

영희는 영문도 모른 채 현주의 팔을 잡고 좋아했다. 무엇이 잘 되었다는 것인지 여자들의 언어에는 숨은 뜻을 내포하고 있는 것 같았다. 냉골의 사랑방 아궁이에서 장작 타는 소리가 들렸고, 솜이부자리 밑의 구들장이 따뜻해져 왔다. 간간이 어머니와 현주가 말하는 소리가 들렸는데 그것은 대개 그동안 내가 지내온 날들에 대한 중계였다. 장짓문 너머에서 현주가 나의 궁핍함을 말하고 있을 때 말리고 싶었으나 일어나지지를 않았다.

…… 지난 일은 지난 일이야.

세 여성의 두런대는 소리를 아득히 밀어내면서 깊은 잠에 빠져들었다. 저녁이 되어 어머니가 끓여준 닭죽을 한 술 뜨고 나서 또다시 잠이 들었다. 그동안 제대로 자지 못한 잠이 한꺼번에 몰려드는 모양이었다. 몇 날 며칠을 그렇게 잤는지 죽어가는 사람처럼 기력이 나질 않았다.

한밤중에 잠시 깨어나 정신을 차려보니 현주는 고열에 시달리는 나의 몸을 닦아주고 있었다. 땀에 젖은 이부자리를 새것으로 갈아주었다. 정상체온으로 돌아오기를 기다리는 듯 알몸이 되어 나를 안고 있었다. 나는 그녀의 가슴에 얼굴을 묻고 체온을 식혔다. 고열의 몸이 정상적인 체온에 닿으며 식어가고 있었다. 편안했다. 이틀 밤낮을 더 헤매고 나서 보니 그녀는 가고 없었다.

종친의 동기들이 문병을 왔다. 내가 특별히 아픈 데가 없었기 때문에 인삼과 녹용과 웅담을 가지고 왔다. 방학이 되어 집에 와 있던 영희가 수발을 들었다. 영희의 심장병은 나아 있었는데 졸업하면 의사가 될 거라고 했다.

— 언니가 다시 온다고 했어요.

영희는 묻지 않은 말에 답했다.

— 그렇구나.

기력은 어느 정도 회복되었으나 할 일은 없었다. 현주가 다시 왔을 때에도 눈은 녹지 않고 있었다. 현주는 택시를 타고 왔는데 집 앞에까지 차로가 나 있지 않아서 동구 밖까지 마중을 나갔다. 현주는 많은 물감과 이젤과 파레트와 캔버스를 가득 싣고 왔다. 나이프와 붓과 오일통을 따로 묶어 실었다.

그날 밤 사랑방의 뜨거운 온돌 위에서 우리는 재회를 기약할 수 없었다. 말이 엉클어져 결별의 수순으로 결말지어질 것 같았다.

아버지가 주미대사관 무관으로 발령이 나서 이 나라를 떠난다고 말했다. 헤어질 때 영희가 현주의 팔을 잡고 버스정거장까지 바래다주었다.

한 번쯤 뒤돌아볼 만도 한데 뒤돌아보지 않았다. 영원한 이별을 예고하는 듯이 돌아보지 않았다. 빨간 점박이 스카프는 내 시야에서 사라졌다.

— 언니가 가면서 줄곧 울었어요.

돌아온 영희가 말했을 때 나는 나의 무심을 탓했다.

봄이 오도록 무위도식했다. 가끔 읍내로 나가서 막걸리를 마셨고, 한식날에 할머니 묘소에 절했다. 돌아오지 않는 아들을 기다리며 밥상을 차렸던 할머니의 애타는 마음을 헤아렸다. 임종날에 기다리던 손주의 손도 잡아보지 못하고 돌아가신 할머니의 품에 안기고 싶었다. 아버지는 할머니의 아들이었으나 나의 아버지이기도 했다.

나는 유년시절의 바다와 사백여 년 전의 노량 앞바다를 생각하며 산을 내려왔다. 신흥이 형네 집의 외양간과 무너진 토방을 그리려다 그만두었다. 누구나 다 겪은 고통이 새로울 것도 없었고, 이미 지난 세월의 먼 이야기일 뿐이었으나 다만 아버지의 얼굴을 그리고 싶었다. 아버지를 그려서 어머니에게 보여주고 싶었다. 초상화가 완성된 유월 어느 날에 아버지가 집을 나서던 날을 잡아서 제사를 지내기로 했다.

처음으로 아버지 제사를 지내던 날 제사상 위에 아버지의 초상화를 세워놓았다. 제사를 끝내고 젯술을 한 잔 마시고 아산으로 가서 충무공의 묘에 참배했다. 돌아오는 길에 아산만을 둘러보니 2㎞ 남짓의 좁은 수로에는 물이 빠져서 갯벌만이 아득하게 보였다. 이곳에서는 이제 어떤 그림도 그려질 것 같지 않아서 맥없이 걸어 당진집으로 돌아왔다.

마을 입구에 들어서자 그간 잊고 지내서 눈 밖에 머물던 오동나무의 그늘이 짙었다. 아버지가 태어날 때 할아버지가 심었다던 오동나무는 제법 커져서 재목으로 쓸만했다. 손주가 태어나면 베어서 장롱을 짜주시겠다던 할아버지는 이미 전쟁 전에 돌아가셨고, 할머니는 내가 장가가는 것을 보지 못하고 돌아가셨다.

나는 어머니의 허락을 받고 이 오동나무를 베었다. 나무를 베던 날 손아래 종친이 와서 도와주었다. 제재소에 맡겨 여러 두께의 판자로 켜려다 그만두었다. 거북선의 모형을 만들어보고 싶었으나 한 그루의 나무로 충당이 될지 알 수 없어서 망설였다. 그보다 이순신의 배는 소나무로 만들어졌기 때문에 부드러운 목재가 거기에 어울릴 것 같지도 않았다.

종친의 손아래 동기에게서 빌려온 전기톱으로 오동나무를 열두 토막으로 잘랐다. 어머니는 농사일에는 손을 대지 못하게 했으므로 자고 깨는 것이 매일 같기만 해서 무위도식의 나날도 한계에 다다르게 되었다. 토막 낸 오동나무로 충무공의 흉상을 조각해보는 게 어떻겠느냐고 손아래 동기가 말했다.

손아래 동기가 서울서 오는 길에 조각칼 세트를 사다 주었다. 낡아서 속살이 보이는 가죽가방 속에는, 넓고 좁은 평도가 여섯 개, 아사도 세 자루와 환도가 대소 여덟 자루 가지런히 꽂혀 있었다. 곡한도는 두 자루였고, 삼각도가 몇 개 보였다. 또 이름도 알 수 없는 수십 개의 조각도는 헝겊에 말려 있었다.

숫돌이 세 종류가 있었는데 거친 것과 중간 것과 마무리 숫돌이었다. 고무망치는 새로 사서 채웠는데 뭉그러진 흔적이 없었다. 중고품이었으나 사용한 이가 깔끔했던 탓인지 모두 날카로운 날이 서 있었고, 녹슨 흔적이 남아 있지 않았다. 갈색 천에서 기름 냄새가 났다.

나는 아침마다 깨어나서 손타지 않은 석 자 길이의 오동나무 토막의 겉껍질을 벗겨내었을 뿐, 칼을 댈 엄두가 나질 않았다. 그저 벗겨진 나뭇결을 바라보는 것으로 아침나절을 보냈다.

그림은 평면에 입체를 세워 생명을 불어넣는 작업이었지만, 조각은 무명의 덩어리에서 불필요한 것을 털어내고 입체만을 남겨놓는 것이어서 작업의 순서를 뒤집어야 될 것이었다. 그림의 색이나 모양이 만족스럽지 않을 때 덧칠해서 완성도를 높이는 것이 유화라면 조각은 잘라내는 것이었으므로 한번 잘라낸 것을 되살릴 수는 없을 것이었다. 그러므로 한 치라도 함부로 파낼 수는 없을 것이었다.

색을 더해가는 플러스의 작업은 언제나 수정이 가능했으나 깎아서 소멸시켜야만 비로소 드러나는 형상은 그림의 방식으로는 도달할 수 없는 새로운 세계였다.

우선 4B연필로 초상화를 그렸다. 투구와 갑옷을 벗겨내고 이순신의 사람됨을 조각하고 싶었다. 신격을 밀어내고 사람으로서의 이순신을 재현하고 싶었다. 고뇌와 영민함, 유연함과 단호함, 그런 얼굴은 어떤 얼굴일까를 고민하던 중 문득 한산도가가 떠올랐다.

　한산섬 달 밝은 밤에
　수루에 홀로 앉아
　큰 칼 옆에 차고
　깊은 시름할 적에
　어디서 한 가닥 피리 소리는
　남의 애를 끓나니

나는 「깊은 시름」에 주목했다. 애간장이 타들어가는 깊은 시름을 앓는 자의 얼굴은 어떤 모습일까. 가엾은 백성을 구해내야 할 운명을 지닌 칼 찬 자의 시름이었을 것이었다. 백의종군 이후 임금이 있는 서울을 향해 절을 하지 않았을 때부터 마음속에 자리 잡힌 시름이었을 것이었다.

그리하여 쫓기는 적을 바다에 쓸어 넣은 후 끝장낸 전쟁의 대단원으로서 함대를 몰아서 서남해를 돌아 도성을 치고 사직을 멸하는 혁명을 도모하고 싶은 한 사내의 깊은 시름일 것이었다.

흔들리는 배에서 흔들리는 표적에 명중되지 않을 유탄이 가슴에 박혔을 때 그의 운명은 시도되지 못한 혁명으로 남겨지고, 임금은 살아남아서 역사의 시름이 되고 말았다. 나는 이순신의 내면에 자리 잡은 시름의 종류와 깊이를 짐작할 수 없었다.

생즉사의 깃발을 나부끼며 병졸들을 독려하는 것이 그 시름을 달래기 위한 것인지, 아직 열두 척이 남아 있다는 장계로 임금을 달래는 것이 시름의 시작인지, 시름의 끝인지 알 수 없었다. 그 시름은 굶어 죽어가는 백성을 육지에 남겨놓은 채 존망의 미로에서 바다로 나가야 하는 장수 된 자의 탄식일 것이었다.

나는 그 시름의 근원을 정의할 수 없었다. 나무를 파들어가기 전에 그린 스케치에서 시름에 찌든 한 사내의 얼굴을 재현하려고 바둥거렸다. 눈동자의 깊이를 가늠할 수 없었고, 이마에 난 주름의 깊이를 가늠할 수 없었다. 굳게 다문 아랫입술이 윗입술을 밀어올렸다. 수염을 그려 넣을 때 그것을 무성하지 않게 그렸다.

한 달여를 깎아내어 조각이 완성되었을 때 스케치와 조각상의 분위기가 일치하는지 확신할 수 없었다. 흉상의 아래 한 자쯤 남은 자리에 한산도가를 새겨 넣으려다가 「깊은 시름」이라고만 파넣었다. 음각이었다.

수말에 근무지에서 내려온 종친의 손아래 동기는 표정이 너무 어둡다고만 말했다. 차라리 그 말에 안심이 되었다. 글씨를 파넣고 나서 무뎌진 조각도들을 숫돌의 순서대로 갈았다. 날이 선 조각도들이 다음은 누구를 조각할 것인지 묻고 있는 것 같았다. 나는 왜의 개입으로 실패한 녹두장군을 택했다. 전봉준의 절명시를 구해 읽었다.

  때 만나서는 천지도 내 편이더니
  운이 다하니 영웅도 어쩔 수 없구나
  백성 사랑 올바른 길이 무슨 잘못이더냐
  나라 위한 일편단심 그 누가 알리

전봉준이 체포되어 포박된 채 가마에 실려 압송되는 사진도 구해서 보았다. 사물을 쏘아보는 형형한 눈빛과 봉두난발하듯 헝클어진 상투와 초췌한 흰색 무명옷을 걸친 조선 사람, 그가 전봉준이었다. 밀어붙여야 할 혁명에서 때로 타협을 모색했으므로 밀고로 끝내 잡혔다. 안타까운 유연성이었다.

그의 절명시에서는 그의 내면만 보였으므로 안도현의 시「서울로 가는 전봉준」을 서너 번 읽었다.「… 기억하라고 타는 눈빛으로 건네던 말」타는 눈빛에 동기부여를 했다.

그 눈빛은 원망인가? 회한인가? 복수할 수 없는 복수심의 발로인가? 남겨두고 가는 백성에 대한 애틋함인가? 그 모두를 합쳐도 그의 타는 눈빛을 대변하지는 못할 것이었다. 그의 쏘아보듯 타는 눈동자와 헝클어진 상투를 파낼 때 시간이 걸렸다. 주말에 내려온 종친의 손아래 동기가 단심이 서린 눈빛이라고 말했다. 나는 속으로 안도했다. 헐벗은 백성을 향한 단심, 그게 맞는 말 같았다. 흉상 아래 한 자가량 남은 자리에 「단심의 눈동자」라고 새겼다. 무뎌진 조각도들을 숫돌에 갈자 파랗게 날이 선 조각도들이 또 묻는 것 같았다. 이번에는 누구?

나는 아버지의 유품에서 이승만의 흔적을 찾았다. 하버드 졸업 때 사각모를 쓴 사진과 좌익의 난 때에 맥아더와 포옹하는 사진들이 있었으나 그보다 그의 고단한 삶을 보고 싶었다. 있었다! 사형선고를 받고 한성감옥의 벽돌담 앞에서 찍은 사진이었다. 솜바지 저고지를 입고 서 있는 젊은 날의 모습은 고난의 서막처럼 보였다.

그는 왕정 폐지와 공화국 수립을 도모하는 것으로 혁명의 출발점에 서 있었다. 왕정을 부수자는 것은 당대의 반역이었다. 그의 어록에는 공산주의자와는 타협이 불가능하다는 말도 있었다. 그는 나중에 뭉치면 살고 흩어지면 죽는다고 외쳤다.

수형자들과 함께 찍힌 사진 속에서 여타의 인물들은 두 손을 소매 속에 넣고 시린 손을 달래고 있었으나 그는 한 발치 떨어져서 부동의 자세로 정면을 응시하고 있었다. 빛바랜 사진에서 그의 표정은 읽혀지지 않았으나 몸 전체에서 풍기는 의연함과 신념이 차고 넘치는 듯 보였다.

나라를 팔아먹은 황제는 염치가 없었는지 사형선고를 받은 이승만을 감옥에서 빼내어 주었다. 마지막 황제로서 그나마 잘한 일이라고는 그게 전부였다. 어차피 무너질 왕조였다. 신하들은 불가불 가 또는 불가불(不可不) 가(可)라고 한 글자를 떼어내 적어서 합병에 대한 치욕의 역사에서 비껴가려고 머리를 굴렸다. 광복 후에 이승만의 혁명은 이루어졌다. 왕정을 복구시키지 않았고 공화국을 세워 혁명을 완수했다.

좌익이 난을 일으켜 기습공격을 해왔을 때에도 끝내 살아남아서 세계를 향해 포효했다. 난이 수습되고 나서도 계속되는 좌익의 준동을 막으며 자유민주의 씨를 뿌렸다. 오늘날 우리가 누리는 자유의 훈장은 그가 받아 마땅할 것이었다. 나는 혜안을 가진 한 청년의 얼굴을 파내려갔다. 그것은 무표정한 표정일 것이었다. 동요하지 않는 담대함.

조각을 끝내고 한 자 남은 아랫부분에 새길 말을 찾았다. 「뭉치면 살고 흩어지면 죽는다」라고 파려다가 그만두었다. 「무표정」이라고 세 글자를 파넣었다. 건축설계 일로 바쁘다던 종친의 동기가 모처럼 찾아와서 말했다.

— 무심하군요.

나는 무심한 표정이 무기력하게 보이지 않기를 바랐다. 신념에 가득 찬 자의 표상으로서의 무심을 원했다. 속내를 드러내지 않는 얼굴이 무심한 표정일 것이었다. 며칠 몸살을 앓고 난 후 무뎌진 조각도의 날을 다시 세웠다. 조각도의 길이는 짧아져 갔다. 조각도가 칼의 위엄으로 말하는 것 같았다.
— 내 몸이 얼마 남지 않았다.

1961년 5월 16일 새벽에 한강다리를 넘은 우국청년 박정희가 기다리고 있었다. 그의 흉상을 조각하기 위한 자료는 많았다. 나와는 세대가 달라도 당대의 일이었으므로 자료는 생생했다. 먼 곳을 손으로 가리키며 응시하고 있는 그의 사진을 스케치했다. 몸집이 작은 이 사내는 먼 미래를 가리키고 있었다.

그의 몸집과 눈매는 65년 전의 전봉준이 환생한 것 같은 착각을 불러일으켰다. 그는 국민이 먹고사는 일에 모든 것을 걸었다. 혁명이 국민의 먹을 것과 입을 것, 잠잘 곳을 외면할 때 그것은 혁명이 아닐 것이었다.

그는 젊은 날에 한때 좌익에 탐닉했으므로 그들의 헛된 망상과 위장된 평화와 평등의 속임수를 누구보다 더 잘 알고 있었다. 그러므로 그의 치하에서 좌익의 날개는 퍼덕이지 못했다. 좌익들은 그에게 독재의 굴레를 씌웠으나, 보릿고개를 넘긴 국민은 장기간의 배고픔에서 벗어나 환호했다. 오천 년 이래 그런 사람은 없었다.

그의 흉상을 완성하고 나서 제목을 붙일 순서였다.「나는 조국 근대화」라고 새기지 않았다.「보릿고개를 없앤 사람」이라고 새겼다. 종친의 동기는 흉상 앞에 서서 오랫동안 말을 하지 않았다.

이윽고 돌아서며 말했다. 미래를 내다보는 사람 같다고 말했을 때 나는 그를 안아주고 싶었다. 그랬다. 그는 백성의 의식주를 넘어 먼 미래를 설계하는 사람이었다. 대책도 없는 자가 총을 쏘았을 때 그는 도망치지 않고 앉아서 총알을 받았다.

그리하여 「어디서나 존경받는 예언자라도 자기 고향과 친척과 집안에서만은 존경받지 못한다(마르코복음 6:4)」는 예수의 말씀대로 되었다. 나는 네 개의 흉상에 기름칠을 할 때 네 개의 눈이 서로 다른 것에 스스로 놀랐다. 시름에 젖은 눈, 애타는 눈, 무심한 눈, 미래를 생각하는 눈은 각기 그 깊이가 달랐고, 검은 눈동자와 흰자위의 비례가 달라져 있었다. 눈은 한 사람의 심장과 뇌를 드러내는 계기판 같았다.

하루종일 조각도를 갈았다. 날 선 조각도의 물음에 선뜻 답해지지 않았다. 오동나무 토막은 여덟 개가 남아 있었으나 작업할 것이 더는 없는 것 같았다. 주말에 영희가 내려와서 네 개의 흉상을 보며 물었다.

— 전시회는 언제?

말문을 열고 나서 현주 언니에 대해 말을 꺼내려다가 내가 쳐다보자 말문을 닫았다. 내 마음의 상처를 건드리지 않으려는 듯이 말꼬리를 바꾸었다.

— 다음 작품은?

한 달을 시름시름 앓아눕자 종친의 손아래 동기가 한약을 지어와서 달여 먹었다. 화재사건 때 손상된 폐가 제대로 작동하고 있는 것 같지 않았다. 양지바른 날 대청마루에 앉아 따뜻한 봄볕을 쬐었다. 아버지가 그리웠다. 그리운 아버지의 얼굴은 유년의 기억 속에서 가물거렸다. 내가 어머니에게 물었을 때 어머니의 눈은 지긋이 감겨 있었다.

콧날은 오똑하고, 눈썹은 짙고, 아랫입술은 도톰하고, 앞이마는 조금 튀어나왔으며, 머리숱이 풍성했다고 사진을 보듯 회상했다.

…… 그래, 시인 백석처럼 생기셨지.

사진에서의 아버지와 어머니의 증언은 일치했다. 사진과 증언이 일치했음에도 그 동일성이 조각상과 동일할 수 있을지는 확신할 수 없었다. 내가 풍족하게 가진 것은 시간뿐이었으므로 서둘지 않고 파들어갔다. 어머니는 가끔 뒷짐을 지고 서서 작업과정을 살폈다. 완성된 날 어머니가 모처럼 웃었다.

나는 영규에게 그의 아버님을 모셔 오도록 부탁했다. 종친의 어른은 원로했으므로 눈썰미는 희미했으나 기억은 또렷했다. 「똑같구나」라고 한마디 하시면서 눈가를 닦으실 때 나도 눈물이 났다. 흉상의 아랫부분에 「그리운 아버지」라고 파려다가 그냥 「아버지」라고만 새겼다.

조각도를 더 이상 숫돌에 갈지 않았다.

다섯 개의 흉상이 완성되고 나서 어머니는 종친의 어른들을 초대해서 잔치를 벌였다. 흉상을 가운데 두고 기념사진을 찍었다. 어렸을 적 거북선의 그림을 보여주시던 종친의 어른들 중 더러 돌아가신 분도 계셨고, 몇 분이 잔치에 와서 「손재주가 좋구나」 하면서 막걸리 한 잔에 얼굴이 붉어졌다.

오동나무 토막은 아직 많이 남아 있었다. 더 조각할 것을 훗날로 미루었다. 이토의 가슴에 총탄을 명중시킨 안중근과 지혜로운 왕세종의 흉상은 조각도의 수명이 다한 것을 핑계 삼아 훗날로 미루었다.

어머니가 아끼는 이조백자는 대청마루 구석에 있는 쌀 뒤주 위에서 졸고 있는 듯이 보였다. 늘상 그것이 눈에 거슬렸다. 남은 오동나무 일곱 개 중에서 두 개를 남기고 제재소로 보냈다. 여러 장의 판재와 각목으로 만들어왔다. 읍내의 목공소를 찾아가서 가구를 만들 때 사용하는 연장들을 눈여겨보았다. 끌과 대패, 판자를 켜는 테이블 달린 전기톱과 연장들을 사러 청계천엘 갔다. 영규의 차로 영규가 실어다 주었다.

조선의 고가구 사진첩을 뒤적여서 4단짜리 사방탁자를 골랐다. 도자기를 올려놓기에 적당할 것 같았다. 우선 설계를 했는데 무엇부터 시작을 해야 될지 난감했다. 영규의 설명은 일목요연했다. 건축설계가인 영규의 도면은 모든 치수를 적어넣게 되어 있었다. 평면도와 입면도를 그리고, 단면도로 부재의 크기를 정했다. 투시도를 그려서 완성 때의 모습을 드러나게 했다.

도면의 설계대로 치수를 재단해도 조립이 되지 않았다. 나는 내 나름대로 고쳐 그렸다. 맞지 않는 판재와 각목을 버리고 다시 시작했다. 미리 재단할 것이 아니었다. 하나하나 맞출 때마다 깎고 잘라 맞췄다. 어머니는 사방탁자를 안방 모서리에 세우고 도자기를 옮겨놓았다. 할 일 없는 자의 매해 가을 해그림자는 길었다.

영규의 제안과 어머니의 부추김과 동생 영희의 지원으로 영규와 가구제작 회사를 차리기로 했다. 영규의 제안은 건축설계처럼 치밀했고, 어머니의 부추김은 간결했으나 간곡했다. 영희의 지원책은 구체성을 띠고 있었다. 내가 윗사람이라고 해서 사장직을 맡으라고 강권했다.
나는 제작할 고가구를 선정하고 디자인하는 대표였고, 영규는 제작설계와 경영을 책임지는 부사장직을 맡았다. 나는 돈의 들어옴과 나감에 대한 순서에 아둔해서 그 관리를 영규가 담당했다.
읍내로 나가 축사로 쓰였던 슬레이트 건물을 빌려 공장을 차렸다. 나는 창문도 없는 사무실 칸막이 속에서 이조 전통가구의 디자인에 전념했다. 사방탁자, 서랍장, 반닫이 머리장과 약장도 그렸다. 높낮이와 폭을 달리하고 장식을 다양화하니 품목 수가 늘어났다. 서울 강남의 부촌 상가에 전시장을 마련하고 전시, 판매했다.
못을 쓰지 않는 섬세한 제작기술로 인해 단가가 올라가서 고가로 팔았다. 가구시장의 틈새를 공략했으므로 주목도가 높았다. 가구의 특이성과 희소성 때문에 판매고가 급증해서 물량을 대는 게 버거웠다. 수가공에 의존하는 제작으로는 감당이 되지 않자 기계설비를 보충하고 종업원 수를 늘렸다.

종업원 수가 늘어나자 인근의 손맛이 좋은 아주머니에게 부탁해 시 점심을 실어다가 먹였다. 숫사가 늘어나는 만큼 뒷바라지해야 할 일들이 불어났다. 감당이 되는지 묻지 않았으나 영규의 행동은 기민했다.

판매고가 늘어남에 따라서 수익도 불어나자 영규는 더 큰 계획을 세웠다. 나는 반대하지 않았다. 그의 계획은 설계도면처럼 치밀했고, 순서가 잡혀 있었다. 서울을 중심으로 판매대리점을 모집했다.

대리점 몇 개가 더 생기자 물량 공급은 더욱 압박을 받게 되었다. 공장을 더 큰 곳으로 이전해야 했다. 영규가 서울 근교의 공단부지를 계약하고 온 날 세무서에서 세무조사를 나왔다. 사전예고도 없이 들이닥친 요원들은 닥치는 대로 뒤적이고 압수했다.

여직원 하나를 데리고 입출금만을 겨우 기록해온 터라 제대로 된 장부가 있을 리 없었다. 출고한 금액과 입금된 금액, 그리고 수금되지 못한 금액이 일치하지 않아 매출 누락이라는 판정을 받았다. 세무조사를 나온 팀장이 대표를 조용히 만나 할 이야기가 있다고 했다. 그의 이름은 고도병이었다. 나는 영규가 만나주기를 바랐으나 대표가 아니면 만날 수 없다는 전갈이 왔다. 만나자 그가 말했다. 단도직입적으로 말했다. 원래 추징세액이 일억이천만 원인데 팔천만 원으로 감해주겠다고 선처를 베푸는 듯했다.

그 이유를 묻지 않고 있을 때 그가 덧붙였다. 그 대신에 이천만 원을 현금으로 지원해 달라는 말이었다. 빈손으로 세무서에 돌아가면 자신이 의심받는다고 조르듯이 말했다. 그래도 회사는 이천만 원이 감액되니 서로 좋은 게 아니냐고 나를 타일렀다. 나는 잘 이해되지 않는 그의 말을 영규에게 전했다.

대책도 없이 쏘아댄 총탄에 미래를 내다보던 이는 이미 기억 속에서 아득했고, 우여곡절 끝에 나타난 권력 하에서 먹고살 만해진 민초들은 더 살찌기 위해 서로를 뜯어먹고 있었다. 혁명의 열기는 바랜 종잇장처럼 창백해져 있었다.

팔천만 원으로 정해진 서류에 대표로서 서명했다. 영규는 감당할 수 있으니 형님은 걱정하지 마시라고 나를 안심시켰다. 그 일이 있고 나서 경리직원 수를 늘렸다. 경리직원 수만 늘린다고 될 일은 아니어서 고도병의 충고에 따라 그의 소개로 회계와 자금을 전담하는 간부를 영입했다.

영규는 골치 아픈 일에서 벗어나 공장건설과 설비증설에 동분서주했다. 생산량을 늘리고 대리점을 확충하는 일에 열성이었다. 연초에 계획한 연간 매출액은 11월에 이미 돌파되었고, 그에 맞추어 생산라인도 확장되어 갔다. 수가공에서 벗어나 자동화된 기계설비로 불량률을 줄이자 재료비율이 낮아졌다.

관리직과 생산직의 수가 급격히 불어났다. 직원 관리를 위해서 총무과가 생겼고, 영업을 관리한다고 영업과가 생겼다. 자재를 관리하기 위한 자재과는 구매와 재고를 관리했다. 행해지는 단위마다 관리가 필요했고, 과가 생겨났다.

비로소 기업다운 면모가 갖추어졌다. 불과 몇 년 사이에 시세는 급격하게 부풀었다. 영규는 전국에 걸쳐 대리점 수를 늘려나갔다. 사원의 수는 몇 백 단위로 늘어나고 있었고, 매출액은 수백억 단위로 증가하고 있었다. 공장의 종업원 수가 늘어나자 구내식당이 차려졌고, 인근의 작은 회사 직원들의 출입도 허용했다. 출퇴근용 버스는 먼 거리의 종업원까지 실어 날랐다. 영규는 국산 오동나무의 조달이 딸리자 동남아로 출장을 가서 목재를 구해왔다.

영규가 또다시 수입선을 찾아 출국한 날 내가 감당할 수 없는 난감한 일이 터졌다. 국세청의 세무사찰반이 회사를 덮쳤다. 그들은 장부를 보지 않았다. 손에 잡히는 대로 모든 파일을 박스에 담았다. 사무실은 폐허처럼 보였다.

영규의 아내로부터 전화가 걸려왔다. 울고 있었다. 모르는 사람들이 와서 집 안을 뒤지고 갔다고 말했다. 저녁에 셋방으로 돌아오니 내 방도 뒤진 흔적이 있었다. 놀란 주인집 아주머니가 근심 어린 눈으로 바라보았다. 이부자리와 책밖에 없는 내 방에서 챙겨갈 것은 없었다.

부사장으로서 월급만 가져가던 영규의 집에서도 털어갈 것은 없을 것이었다. 국세청 요원은 영규 아파트의 가구 라벨을 체크하며 외국제 호화가구가 있는지를 살폈고, 이불을 뒤져서 부동산 문서가 있는지를 찾으려고 덤볐다. 영규의 집에서도 압수해갈 것은 없었다. 없는 것을 찾을 수는 없었고, 찾을 수 없으니 압수할 것도 없었다.

사촌 제수씨는 그때부터 심장병이 생겨서 고생이 많았다. 영규는 급히 귀국해서 분노했으나 분노한다고 끝날 일이 아니었다. 나는 왜 이런 일이 일어났는지 짐작이 가질 않았다. 누가 말하기를 급격한 매출 신장 때문일 거라 했고, 누군가의 시기에 의한 제보 때문일 거라고 했다. 세무서나 국세청에 줄을 대어야 하는 일에 소홀했기 때문이라는 이도 있었다. 「평소에 국회의원 하나쯤은 후원을 하고 있어야지」라며 인간관계를 들먹이는 이도 있었다.

장부와 서류가 돌아온 날 팀장은 대표이사인 나와 부사장과의 면담을 요청했다. 포르쉐는 어느 분이 타고 다니시느냐고 물었다. 뜬금없는 질문이어서 대답할 수 없었다. 골프회원권은 어느 분이 사용하시느냐는 물음에도 대답하지 못했다. 골프채를 잡아본 적도 없는 우리 두 사람은 서로의 얼굴을 바라볼 뿐이었다.

— 헬스클럽, 사우나 사용권은 두 분이 이용하는 것이겠죠?

그는 넘겨짚으면서 물었다.

— 법인카드로 룸싸롱을 자주 가셨더군요.

그가 비웃듯이 말했을 때도 가본 적이 없다고 항변할 수밖에 없었다. 가본 적이 없는 사실에 대해 달리 말할 길이 없었다. 그는 심판관처럼 최종적으로 말했다.

215

— 지출 항목에는 있는데 모른다고 하시니 저희도 난감합니다. 접대비도 법정 한도를 초과했구요. 어쨌든 좋습니다. 기업을 하다 보면 다 있을 수 있는 일이니까요. 그보다 현금이 많이 차이가 나는 게 문제입니다. 가불하신 것도 없는 것 같은데?

우리는 그들이 넘겨잡아 심문한 것 같다고 스스로 위안했다. 한 가지도 우리들에게 해당되는 것이 없기 때문이었다. 일주일 후에 추징세액을 통보해주겠다며 철수했다. 추징세액이 나오기 전에 영규가 팀장을 불러냈다. 고도병 때의 방법을 은밀히 제안했는데, 팀장의 대답은 엉뚱했다. 이미 그것을 감안한 금액인데 회사를 계속하시려면 그냥 넘어가선 곤란하다고 말했다고 영규가 말했다. 그냥 안 넘어가는 금액이 일억이라며 영규는 한숨을 내쉬었다.

현금을 쌓아놓고 하는 장사가 아니었으므로 은행대출로 4억을 마련할 심산이었으나 추징세 납부일에 대출이 성사되지 않아서 문영춘이 명동의 사채를 빌려다가 납부했다. 고리였으나 은행대출 즉시 상환하면 될 것이라 했다.

영규는 이번에도 견딜 만하다고 말했다. 종업원의 급여날과 발행된 어음의 만기 도래일마다 영규와 문영춘은 이리 뛰고 저리 뛰어다녔다. 은행의 대출은 한도를 넘어서 정상적인 대출이 막혔기 때문에 사채로 사채를 돌려막았다.

어느 날부터인가 문영춘은 결근이 잦았다. 영규가 저녁에 술을 한잔 하자고 했다. 영규는 못 마시는 술이었다. 영규는 눈시울을 붉히며 마셨다. 문영춘의 자금 횡령과 사치한 생활이 추징세액의 원인이라고 말했다.

문영춘이 술에 덜 깬 눈으로 늦게 출근한 날 영규의 방으로 불러 면담했다. 자금을 마련하러 다니다 보면 좋은 차를 타고 가야 대접을 받는다고 대꾸했다. 그럴 수도 있겠다 싶었다.

문영춘은 포르쉐를 회사 인근의 주차장에 세워놓고 회사가 지급한 소형승용차로 출근했으므로 그가 두 대의 차로 재주를 부리고 있는 것을 아는 직원이 없었다. 또한 은행 직원들과 친밀해지려면 골프를 같이 쳐야 하기 때문에 골프회원권을 사들인 것이라 했다. 회원권을 활용하는 것이 비용을 절감하는 것이라고 항변했다. 그 역시 그럴 수도 있겠다 싶었다.

헬스클럽, 사우나 회원권도 같은 목적이었다고 덧붙였다. 남자들이 맨몸으로 함께 있는 경험 속에서 청탁이 쉽게 이루어진다고 했다. 사우나를 한 다음 룸싸롱에 가서 양주를 대접해야 마무리된다고 말했다.

세상이 그렇게 돌아가는 것이고, 그래야만 기업을 유지시킬 수 있다면 또 다른 혁명으로 일소시켜야만 될 일이었다. 외부의 회계법인에 의뢰해서 실사를 벌렸다. 문영춘은 출근하지 않고 있었.

회계법인의 실사 결과에 영규와 나는 경악했다. 은행에서 정상적으로 대출한 자금도 사채로 차입한 것인양 고리의 이자를 챙겨 착복했다는 것이었다. 경리과장에게 따져 물었으나 그의 잘못은 아니었다. 문영춘의 지시대로 기록했을 뿐이었다. 더 놀랄 일은 따로 있었다. 경리과장은 울먹이며 증언했다.

매년 연말이면 세금보고를 위한 결산을 마무리한답시고 문영춘은 수하 직원들 몇을 호텔에 합숙시키며 장부정리 작업을 지휘하곤 했었다. 경리과장은 눈을 내리깔고 말했다. 문영춘은 직원들에게 결산작업을 지시한 후 자신은 룸싸롱에 가서 술을 마셨다. 그걸로 끝내지 않았다. 여성 접대부를 호텔로 데려와 함께 투숙했다는 것이었다. 그의 처는 그가 결산을 위해 잠도 제대로 자지 못하고 고생하고 있을 것이라고 여겼을 것이었다.

나는 다 듣고 난 다음 영규에게 한마디 했다. 우리가 너무 일에만 매달린 게 잘못이었다고, 그리고 처음에 투자한 자금이 많지 않으니 잘못되더라도 잃을 게 많지 않을 것이라고.

오랜만에 고도병에게서 전화가 왔다. 문영춘을 고발하지 말아달라고 애원했다. 문영춘을 해임하는 선에서 끝냈다. 어수선한 사내 분위기를 수습하자 직원들도 활기를 띠었다. 매출은 증가하고 있었고, 증가된 매출이 자금을 안정시켰다.

확장일로에 있는 사세 속에서 매출 증대만이 살길이었다. 수입과 지출의 총량은 균형이 잡혔으나 수입의 날짜와 지출의 날짜가 일치하지 않을 때 일시적인 자금 부족은 영규를 당황하게 했다. 수금액과 지출액은 비기고 있었으나 날짜가 어긋날 때 영규는 수금 사원들을 닦달했다. 손익분기점을 넘긴 이익금은 장부상의 존재

였을 뿐이었다. 현실적으로 미수금은 내 돈이 아닌 셈이어서 유동성의 악화를 초래했다.

새해의 매출이 반짝 살아난 후 여름에 접어들자 눈에 띄게 감소하고 있었다. 장마 탓이거니 하고 넘겼다. 수금은 큰 폭으로 줄어들고 미수금만 쌓여갔다. 유동성이 악화되어 종업원의 급여가 밀린 가운데 공장의 생산직에게만은 겨우 지급되었다. 영규는 명동과 강남의 사채시장으로 뛰어다녔다.

IMF 사태가 터지자 그나마 사채시장도 막혔다. 얻어지는 것은 월 3할의 고금리였다. 영규는 절망했다.

경제를 갱제로 발음하는 대통령과 그의 막료들은 우왕좌왕했고 좌충우돌하고 있었다. 원인의 원인을 잡아내지 못했고, 결과를 예측하지 못했다. 절망한 기업가들이 부도를 내고 자살했다. 자결한 기업가에게 돈줄을 대었던 이들도 덩달아 목숨을 끊었다.

보다 못한 새마을운동 부녀회가 나섰다. 박정희의 혜안이 여기까지 내다본 것인지 모르겠으나 그의 혼백이 구천을 떠돌다가 거기에 멈춰 선 것 같았다. 금모으기 열풍이 불었다.

도시와 농촌의 부녀자들이 그 뒤를 따랐다. 그 옛날 행주산성에서 치마폭에 돌을 담아 나르던 부녀자들처럼, 헝겊에 금을 싸들고 줄을 섰다. 남자들은 무력했고, 여인들은 상상을 초월하는 힘을 발휘했다. 여인들이 나라의 주인이었다. 자식들에게 어머니의 성씨를 이어받게 해도 좋을 성싶었다. 백성의 아녀자들이 나라의 빈

곳간을 채워서 나라의 부도를 막았다. 세계가 놀랐다.

영규가 텅 빈 사무실에서 걱정했다. 담보물건으로 은행에 저당 잡힌 종가의 토지와 영희의 아파트가 문제였다. 월말께 부도가 날 것이었는데 사전에 손을 써서 건질 것은 아무것도 없었다. 십여 년간의 정열과 기술은 모두 사라졌다.

사채업자들이 날마다 사무실로 찾아와 협박했다. 칼로 책상을 긋는 자들도 있었다. 그들은 어떻게 알아냈는지 당진의 집과 토지를 내놓으라고 윽박질렀다.

나는 묵묵부답으로 일관했다. 목숨이 위태롭다 해도 어머니의 토지를 그들에게 내어줄 수는 없는 일이었다. 3일간 말미를 주겠다고 최후통첩 같은 말을 남기고 그들이 돌아간 후 영희에게서 연락이 왔다. 영규에게 들었다며 걱정하지 말라고 나를 위로했다. 아파트는 다시 장만하면 되니 오빠 건강만 잘 챙기라고 했다. 나는 부끄러웠으나 달리 할 말이 없었다. 패자에게 핑계는 소용없는 일이었다. 나라가 패한 것인지, 영규가 패한 것인지 알 수 없는 일이었다.

사채업자들이 다시 온다는 날 아침에 인석이가 보냈다는 젊은 수사관 한 명이 찾아왔다. 과장님이 보내서 왔다고 했다. 영희가 인석에게 사채업자의 협박에 대해 말한 모양이었다. 그들이 다시는 나타나지 않을 것이라고 일러주었다.

집에 가서서 편히 쉬고 계시라는 인석의 말을 전했다. 승승장구해서 공안과장까지 승진한 인석은 검찰청으로 사채업자들을 한 번 소환한 것으로 일거에 해결했다. 그러나 영규가 담보물로 은행에 저당 잡힌 종가의 토지문제는 시간이 좀 걸릴 거라고 했다.

공안과장의 자리는 막강했다. 혐의가 있는 시장과 도백들은 그의 앞에서 두 손을 모았다. 공직에 있는 자들은 소환되는 것만으로도 몸을 떨었다. 모든 것을 포기하고 나니 오히려 마음이 편안해졌다. 그간 공장의 토지와 건물은 시세가 올라서 은행이 처분하여 대출금을 충당하고도 남아서 회사가 발행한 어음을 소지한 자재납품업자들의 대금도 해결될 것이었으므로 남에게 피해를 주게 되는 일은 없게 되었다. 사채업자들은 그동안 받아 챙긴 이자만으로도 원금을 상회했으니 손해본 것도 없을 터였다.

종가의 토지문제도 은행으로부터 해지되어 영규의 표정이 밝아졌다. 인석이는 전화 속에서 말했다.

— 다 막았다. 당초에 충무공의 토지를 담보로 잡은 것부터가 잘못이지.

새해에 한 번 만나자고 하면서 전화를 끊었다. 새해 봄에 세상은 또 한 번 출렁거렸다. 저 오월의 주역 중의 일원으로서 혁명공약을 입안한 제3의 김씨 성을 가진 이가 지역을 등에 업고 야합했다. 「반공을 국시의 제1로 한다」라고 썼던 사람이 취할 행동은 아니었다. 그에 힘입은 대중 경제의 주창자인 또 다른 김씨는 갈피를 못 잡은 백성의 외침 속에서 권력을 잡았다. 경상도 사람 거산(巨山)

은 우직했고, 전라도 사람 후광(後廣)은 영악했으며, 충청도 사람 운정(雲庭)은 미래 없는 미래를 꿈꾸는 사람이었다.
이념적 성향은 차치하고 공화국의 미래와 백성의 양식에 있어서 만은 세 김씨의 역량을 모두 합친다 해도 중수(中樹)에 이르지는 못할 것이었다.

4수 만에 대권을 잡은 김씨는 통합의 전략을 내세워 정적을 풀어 주고 그들과 섞어서 좌익들을 석방시켰다. 살인에 가담한 자, 불을 지른 자, 주체를 신봉한 자, 심지어 여적질을 한 자들까지 풀려나서 거리를 활보했다. 그들은 민주화의 영웅이 되어 금의환향했다. 학생운동을 주도했던 학생회장 다수는 그 운동을 출세의 디딤돌로 삼았다. 그리하여 민의의 전당은 서서히 붉게 물들여져 갔다.
시간이 지나자 적의 땅을 왕래하는 자들도 불어났다. 그들은 물자를 보냈고 달러를 송금했다. IMF가 언제 있었던가 싶었다. 북으로 무언가 보내지 않으면 인권을 모르는 자로 여겨졌다. 이제는 성직자들도 드나들었다. 일단의 신부와 목사와 승려들은 앞다투어 드나들었다. 그러나, 그들이 북의 땅에 회당과 예배소와 사찰을 지어 선교하고 포교했다는 말은 없었다.
북에 있는 어린아이가 누구누구를 닮아 있다는 해괴한 소문만 뒤따랐으나 확인할 수 없는 일이었고, 먼 훗날 저들의 기밀 장부에서 이름이 드러날 때는 모두 망인이 되어 있을 것이었다.

왕래가 잦은 자들은 무슨 계략에 말려들었는지 하나같이 저들을 찬양했다. 청계천 뚝방촌의 아버지 김진홍 목사와 몇몇을 제외하고는 한결같았다.

성직자들이 이룰 수 없는 정의를 구현할 수 있는 것처럼 양들을 현혹한 지는 오래되었다.

강론대와 설교대와 법상을 독점한 자들의 언어는 현란했다. 인성이 바닥난 자들이 영성을 논하며 인권의 설을 풀었다. 그리하여 백성의 바다는 오염되어 악취를 풍겼다.

영성을 팔아 혹세무민하는 자들은 저 무간지옥의 나락으로 떨어질 것이었다. 비루하고 겁 많은 자들이 조직 속에 또 다른 단체를 만들기 마련이다. 북한 방문기「사람이 살고 있었네」라는 제목으로 글을 써서 마치 유토피아가 거기에 있다는 냄새를 풍기는 자도 있었다. 내용이야 어찌 되었건 구역질 나는 표제였다.

인석이의 연락을 받은 영희가 영규와 나를 태우러 왔다. 우리는 조계사 뒷골목의 한정식집으로 안내받았다. 고위직들이 출입하는 한옥이었다. 고관들은 조계사에서 합장 기도하고 이 집으로 오는 것이 순서라 했다. 인석이는 낮은 목소리로 말했다. 장짓문 건너의 다른 방에서도 음모를 꾸미듯 저음의 말소리가 웅성거렸다.

사체업자들이 직간접으로 괴롭힐지도 모르니 당분간 해외에 나가 있으라고 했다. 모든 것은 대표이사가 책임을 지는 것이니 영규는 시골에 내려가서 조용히 지내고 있으라고 타이르듯이 말했다. 영규가 고개를 끄덕였다. 나는 난감했다. 어디에 어떻게 나가 있으라는 건지 앞길이 보이지 않았다.

— 잘 됐어요, 오빠.

영희는 현주를 처음 만났을 때처럼 「잘 되었다」고 말했다. 영희가 잠시 뜸을 들이다가 현주 언니가 오빠를 데리러 올 것이라고 덧붙였다. 인석이가 웃었다. 십수 년을 저들은 서로 내통하고 지내며 나의 근황을 현주에게 전하고 있던 모양이었다. 그 한가운데 영희가 있었다.

— 나도 멀지 않아 잘릴 거야. 지방으로 좌천되면 그간 못 읽은 책이나 읽어야겠어.

인석이가 일어서며 내 손을 꽉 잡았다.

— 세월이 바뀐 후에 다시 만나.

사채업자의 등쌀에 도망가는 것이 아니라 저들의 세상으로부터 망명하는 심정으로 이 나라를 떠나야겠다고 다짐했다. 그들은 나의 의지와 상관없이 나를 다른 세상으로 내몰고 있었다. 그리하여 나는 내 청춘의 바다에서 흔들리며 표류했다. 한없이 깊고 넓은 바다에서 수평선은 보이지 않았다.

- 「마지막 시가」 2권에서 이어집니다.

작가 후기

사유(思惟)
- 그 불확실성에 대하여

혼돈(서브프라임 모기지 사태)과 역병(팬데믹) 속에서 살아남아 밥을 먹는 것이 기적이라는 생각이 든다. 5년 동안 노심초사했다. 1년을 쓰고 나서, 사람이 사람을 피하던 3년 동안 도서관은 문을 닫았고 나의 사유는 몸살을 앓았다.

다시 1년을 쓰면서 당초의 사유는 변질되었고, 나 역시 늙음을 피해가지 못했다. 보고 들은 기억을 되새기는 것은, 가뭄으로 굳어진 땅을 파는 노역이었다. 사건의 얼개와 순서가 역사의 시점과 일치하는지 확신할 수 없다.

당대에 맞은 두 번의 혁명(4.19와 5.16)과 두 번의 전쟁(6.25와 베트남전)만 해도 버거운 인생일 것인데, 그에 더해서 불어닥친 두 가지 문화적 충격(스마트 기기와 인공지능)은 최후의 일격을 맞은

격투기 선수처럼 나를 휘청거리게 만들었다.

아날로그 세대의 마지막 주자로서 디지털 문명에 저항하는 힘도 이제 고갈되어 간다. 이제는 아무도 길을 묻지 않는다. 스마트폰의 길안내는 인간의 기억을 뛰어넘는다. AI가 사람의 바둑을 이긴다.

자, 그러면 인생의 길은 누구에게 물을 것인가.

소설을 사실처럼 기술하는 것이 글쓰는 이의 기술인지, 사실의 왜곡인지도 잘 모르겠다. 다만, 유년의 일부 기억만이 나의 역사일 뿐이다. 바둑판에 놓는 흰돌이 완착인지 묘수인지 독자들의 혜안에 맡길 뿐이다. 패착만 아니라면 족할 것이다. 모든 것이 불확실한 가운데 글을 마친다.

- 책을 안 읽는 시대에 왜 글을 써요?
아내의 물음이다. 나는 언제라도 그 물음에 답할 수 없을 것 같다. 거기에 산이 있어 산에 오르는 것처럼 문자가 있음에 글을 쓰는 것일 뿐. 세종대왕 만세!

2024년 5월 SanJose, Homestead 도서관에서

진광열